平安地球

周大新 - 著

中国出版集团
中译出版社

图书在版编目（C I P）数据

平安地球 / 周大新著. -- 北京 ： 中译出版社, 2020.1（2021.8重印）

ISBN 978-7-5001-6133-2

Ⅰ. ①平… Ⅱ. ①周… Ⅲ. ①幻想小说－中国－当代 Ⅳ. ①I247.5

中国版本图书馆 CIP 数据核字（2019）第 280149 号

出版发行 / 中译出版社
地　　址 / 北京市西城区车公庄大街甲 4 号物华大厦 6 层
电　　话 / (010) 68005858，68358224（编辑部）
传　　真 / (010) 68357870
邮　　编 / 100044
电子邮箱 / book@ctph.com.cn
网　　址 / http:// www.ctph.com.cn

出 版 人 / 张高里 刘永淳
策划编辑 / 范　伟
特邀策划 / 李松阳
责任编辑 / 范　伟 张　旭
插　　画 / 鲁天姣
装帧设计 / 今亮后声工作室

印　　刷 / 北京顶佳世纪印刷有限公司
经　　销 / 新华书店

规　　格 / 880 毫米 × 1230 毫米　1/32
印　　张 / 8.5
字　　数 / 100 千字
版　　次 / 2021 年 6 月第一版
印　　次 / 2020 年 8 月第二次

ISBN 978-7-5001-6133-2　定价：45.80 元

中 译 出 版 社

目 录

◇◇◇

引 一

公元 136 年初冬时节一个寒风凛冽的清晨，坐落在京都洛阳西城的尚书府邸还一片沉寂，预备辞官回南阳石桥故里安度晚年的张衡刚刚起身拥被而坐，忽听前厅里在地动仪旁坐守的家仆小五高喊了一声："掉了！"

这声突兀而起的高喊把张府清晨时的宁静一下子击碎，杂沓的脚步声随之从四处响起，拥被而坐的张衡那当儿也以一个老年人少有的敏捷，抓起一件棉袍往身上一披便向前厅蹒跚着奔去。

果然掉了——地动仪上面朝西北的那只龙口里衔着的珠子掉落在地。这么说又发生了一次地动。张衡在地动仪前默视一刹那之后回头对儿子叫道："立刻呈报皇上，就说在陇东地区发生了一次强烈地动，估计会有大批房屋倒塌和人员伤亡，请皇上即令驻防咸阳的官军西去救援……”

13天后，驿站飞马将地动灾情报到了京城：7000多间民房倒塌，2万余居民伤亡。

灾情报表传到白发苍苍的张衡手上时，老人先是长叹一声，而后对儿子喃喃说道：“吾所造之地动仪，只能知情于灾后，不能预报于灾前，实乃益处有限耳。吾虽有再制新仪之心，然脑力已不允矣。汝等日后当继吾志，苦读细研，穷究地动之理，以求报险于灾前，为民祈来平安……”

引 二

2022 年 9 月 24 日凌晨 2 时 31 分，我国中原地区突然发生 7.8 级强烈地震。数十万间城镇和乡村的房屋顷刻间坍塌起火，无数正在梦中的人们被埋入楼板和断砖烂瓦之下。华东、华北、西南、西北和华南各省的救援人员闻讯星夜奔赴灾区进行抢救。

10 月 3 日上午 10 时 20 分，也就是地震发生后第 9 天，救援人员在震区一座楼房下救出一名 10 岁的男孩。男孩被救出时处于半昏迷状态，但在抬他进入抢救中心救治时，他右手里一直抓着一件东西死死不放，医护人员后来看清他攥着的是一个微型录音机，录音机里录着一段夹着急促喘息和痛楚呻吟的声音：“……孩子……拿好……这是一个录音机……爸爸随时可能昏迷过去……有些话要叮嘱你……爸爸死后……你要不断回放爸爸的话……

那样就像爸爸仍然在你身边……就这样回放……你不要害怕……爸爸会一直陪着你……爸爸没能预报出这次地震……爸爸身为地震预报人员愧对中原人民……你要是能活着出去……长大后一定要从事地震预报研究……要想法制住地震这个恶魔……”

第一章

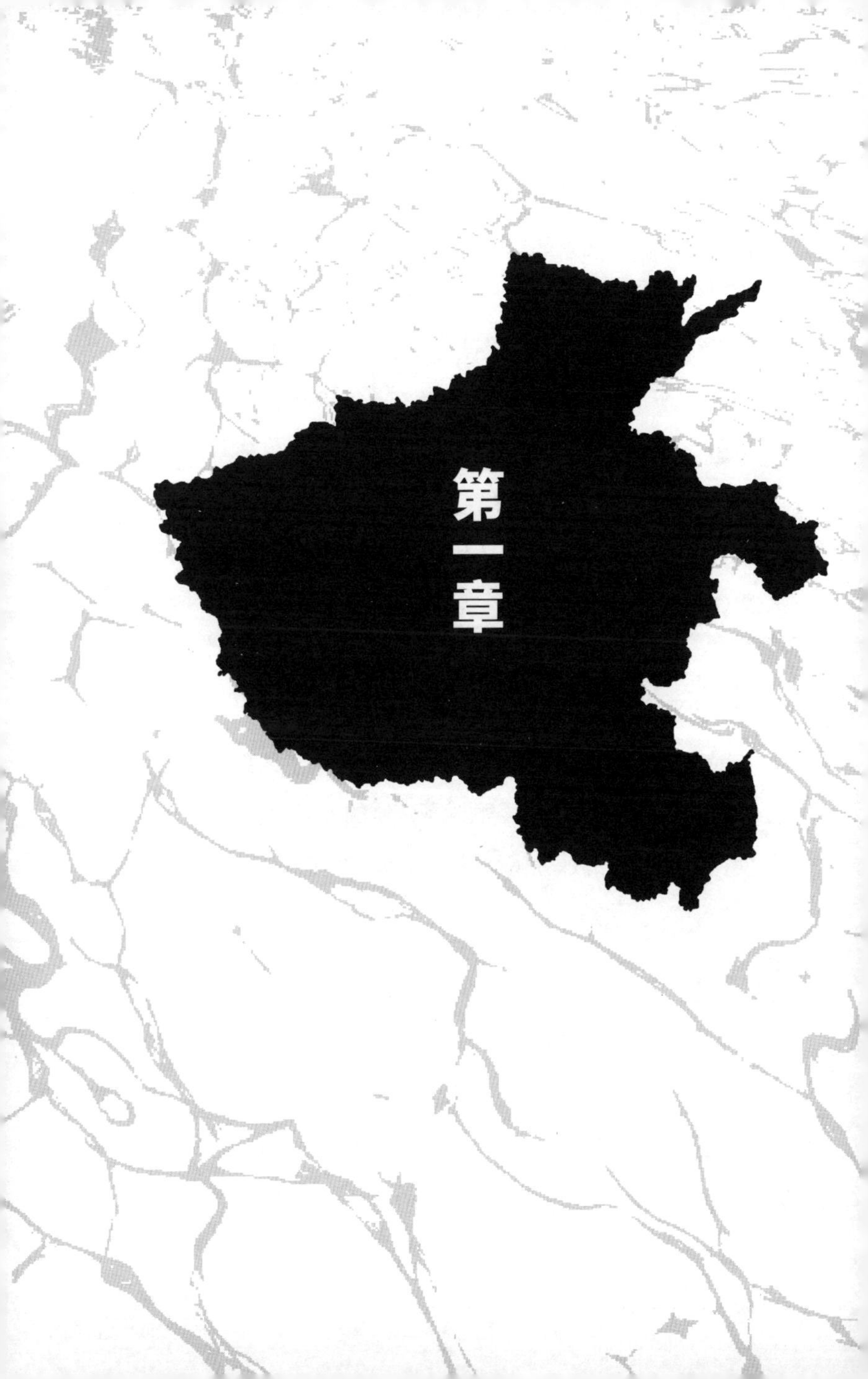

广闻社 6 月 1 日消息：总后勤部军需研究所战时食品研究组研制的高能食品粒经动物食用试验后，证明功效显著。不久，就要正式在人身上进行试验。据消息灵通人士透露，这种食品粒每颗仅重 0.1 毫克，如果试验成功，一个人吃下去一粒所产生的能量，可使其在 8 ～ 9 天内不用进食任何东西，而且能保证人的胃肠不因久不进食而导致任何改变。有关人士认为，如果此项研究最终获得成功，将是 2045 年科学界值得为之庆贺的一件大事……

2045 年那个初夏的黄昏仿佛知道这是张世和最快活的日子，把大盆赤色的颜料泼上了西部天空，那颜料淋漓而下，洒满了京城的复兴大道，使得世和驾驶的那辆富康牌家用轿车像在红色的河流上航行。

总后勤部军需研究所战时食品研究组的研究员张世和，今天有理由让笑容涌满脸孔——他主持研究的高能食品粒动物食用试验已获预想效力，明天就要正式在人身上试验。这表明进行了几年的研究很快就要结出硕果，作为这个课题的组长他当然应该高兴。他按了一下喇叭，避开了路边的行人把车速加快。他很想立刻见到妻子、女儿，好和她们共度这个美好的傍晚。

车到楼前时，女儿小艺没像往日那样笑迎出门,机器人女佣阿茜也没出来替他把车倒进车库，这多少让他有些诧异，往日，女儿的笑脸出迎和阿茜的相帮泊车都是例行举动。

他进屋后才看清，原来小艺和阿茜正在妻子金娜的指挥下收拾衣物用品，几个打开盖的皮箱摆满了客厅，满屋都是有人要出发的气氛——“这是要干什么？”世和诧异地问。

“我明天凌晨 5 点要飞香港。”双颊绯红、额上沁满汗珠的金娜扭头回答，“对不起，晚饭还没来得及准备，请你稍——”

“去香港干啥？那儿有可能发生地震？”因为金娜在国家地震局负责地震预报的部门工作，世和立刻把她的出发和地震联系了起来。

“什么地震？”金娜的一双美目瞪了一眼丈夫，“告诉你，我今天后晌已经辞了地震局的工作，我明天是应金丰商行之聘去香港上班，我以后每周周五飞回来，周一凌晨再飞回去——”

“你发什么神经？”世和原本堆满笑容的面孔如受惊的蝴蝶一样翩然飞走，“你在地震局干得好好的，怎么忽然间要去香港经商？”

“我早就不想在地震局那个清水衙门干了，每个月就那么点工资，害得我连高级化妆品都不敢用。你知道金丰商行答应给我多少年薪？”

“又是钱！”世和的眼中露出了烦躁，“你怎么就不想想你学的专业？想想地震给人类造——”

“没有钱能行吗？你知不知道我的同学曲婉已经买了无人驾驶私家飞机？人家上周去济南游玩就是坐的自己的飞机！还有柳芽，已经买了占地 20 亩的别墅，光私家车就有三辆，一辆无人驾驶特斯拉、一辆凯迪拉克和一辆捷豹！还有肖晓晓，在巴黎、东京和北京都买了房子，仅北京家里的机器用人就有四个，一个负责做饭清扫卫生；一个专管衣物晾晒洗熨；另一个专职保卫，不停地在院里巡逻；还有一个专门负责为晓晓按摩，一天按摩三次。可我们有什么？一套五室两厅又窄又小的房子；汽车是一辆国产的富康；机器用人就一个，还是你自己组装的，动不动就出毛病；家用电影放映设备还是半自动的；空气净化系统还是 20 世纪末造的那一种。你说这个样子还怎能让人活下去？我不出去挣大钱能行吗？”

“要我说我们的生活条件已经不错了，比起我们爷爷那一辈不知好到了哪里。我昨天还看了一则史料，说是 20 世纪 90 年代的北京，有的人一家四五口才住两室一厅的房子，而且上班主要骑自行车和电动车，家里有辆车就很不错了——”

“你这人看事情想问题怎么总是与过去比？你怎么就不比比上海如今每周都有近 50 人

飞去太空保健站保养身体？就不想想由于 20 世纪末实行独生子女制度，如今全国人口骤减，每个人都应该享受更多的东西？你——”

“好了，我不跟你争论，我不希望你去香港，希望你仍然留在地震局搞自己的专业。你知道地震随时都在威胁着人类，你所从事的地震预报工作直接与人们——”

“罢了，我也不跟你啰唆，我只明确地告诉你，不要干涉我选择职业的权利！否则，我只有和你分开！”

“你想用这个威胁我？”世和的脸涨红了，眼中现出了怒色。妻子当着女儿的面说要离开他令他觉得气恼且尴尬。“你以为你离开我我就不能活了？我也明确地告诉你，你要想分开过我随时奉陪，单身汉的生活对我仍然充满诱惑力！”

“你——”金娜的两道秀眉也因为恼怒竖了起来。

“我讨厌你们这样！”双手抱着衣物一直默默站在那儿的 12 岁的小艺，这当儿忽然冷冷开腔，“两个人总是互不相让，总想分出个你高我低，这是干什么？为什么就不能让咱家里充满一种温馨的气氛？”

世和和金娜听到女儿的责怪，都住了声不再开口。

“阿茜，先去做饭！”小艺对机器人女佣果断地挥手。阿茜闻声笑笑，放下手中的衣物便向厨房走去……

晚饭世和吃得没滋没味，尽管懂事的女儿小艺不停地往他碗里夹菜，但他的好心情已经无法呼唤出来。聪明的小艺看到爸爸不高兴，便在饭后把爸爸拉进自己的房间说："爸爸，你为啥一定要坚持让妈妈从事地震预报工作？她为什么就不能依自己的心意去选择职业？"

"孩子，你还小，有些事你不懂！"

"你说，你说出来我也许能懂！"小艺瞪着乌亮的双眸要求。

"好吧，既然你一定想知道，爸爸就告诉你原因！"世和边说边起身回了自己的房间，片刻后，拿着一个精致的塑料盒又走了进来。

"这是什么？"

世和没有回答，只是打开盒子，伸手去盒子里按了一下，立刻，一阵夹着急促喘息和痛楚呻吟的声音便在四壁间响起："……孩子……拿好……这是一个录音机……爸爸随时可能昏迷过去……有些话要叮嘱你……爸爸死后……你要不断回放爸爸的话……那样就像爸爸仍然在你身边……就这样回放……你不要害怕……爸爸会一直陪着你……”

小艺吃惊地看着那个放在盒子里的微型录音机。

“爸爸没能预报出这次地震……爸爸身为地震预报人员愧对中原人民……你要是能活着出去……长大后一定要从事地震预报研究……要想法制住地震这个恶魔……”

“听懂了吗，小艺？”

“这是一个在地震中受伤的老人对他身边孩子的叮嘱。”

“可你知道这个老人是谁吗？”

“谁？”

“你的爷爷！”

“啊！”小艺惊得倒退了一步。

“他叮嘱的那个孩子就是我，你的爸爸！”

小艺先是直直盯住爸爸的脸看，随后猛地扑上前抱住爸爸的脖子。小艺什么也没说，只是用自己的小脸急切地摩擦着爸爸的脸颊，她似乎要用这个动作倾诉出她心里的全部惊愕和对爸爸的安慰。

“……爸爸本应该遵从你爷爷的遗嘱，投身到地震预报研究中，可在我大学毕业那年，战争逼到了我们的国门前。你大概知道，世界上给人类生命造成惨重损失的灾难，一个是地震，另一个就是战争。而且在某种程度上，战争给人类生命造成的威胁更大。20 世纪 40 年代所爆发的一场世界大战，就使 5000 万人丧失了生命。因此，我当时只得投身到遏制战争的事业中。由于我和无数人的共同努力，那场眼看就要爆发的战争最后被遏止了。但这时，我因为改变研究方向太久，已无力从事地震预报研究了。我只好把完成你爷爷遗嘱的希望，寄托在你妈妈身上，可没想到她竟然要主动放弃她的专业……还有一件事，爸爸一直没有告诉你，我们的祖籍在河南南阳，爸爸是张衡的第 69 代孙子。”

“张衡？”

“就是那个研制出地动仪、浑天仪的汉代科学家。”

“哦？”

“早在两千年前，我们张家的先祖张衡就研制出了观测地震的地动仪，企望减少地震造成的灾难，由于当时条件的限制，他没能实现准确预报地震的愿望。我们作为他的后世子孙，难道不该去努力实现他的遗愿吗？”

“爸爸，我有点理解你饭前为什么发火了。你不要着急，让我试着去说服妈妈。你今晚在我的房间睡，我去和妈妈睡。”小艺用手把爸爸下垂到眼上的头发仔细地拨开，这才起身轻步向爸妈的卧室走去。

世和那晚听见小艺和金娜的声音在卧室里持续了很久，但他知道妻子既然已经做了决定，靠小艺的几句话是不可能说服她再改变的。果然，凌晨时分，他听到了阿茜提皮箱送金娜出门的声音。他没有动，只是在出租车滑到院门口的沙沙声中叹了一口气。

天亮起床时，阿茜送给世和一封金娜留的短信：

世和、小艺：

我要挣钱为你们买一栋带游泳池和网球场的别墅。眼下，只好让阿茜照料你们了……

这个早上除了金娜的离家之外，其他一切都如往常。阿茜在厨房里忙碌；小艺在琴房里弹她每天早晨都要练的那首《少女的祈祷》；太阳照旧磨磨蹭蹭、睡眼惺忪地出现在东方的天边；晨风依然懒懒散散、拖拖拉拉地走过院前的空地；初起的闹市的旋律仍是推推拥拥、熙熙攘攘地跑进院中。世和尽量不让心中的不快浮在脸上，坚持在院里的健身器械上进行着例行的晨练。

吃早饭的时候，小艺显然想对他说妈妈为什么坚持南下的事，但他摇了摇头没让女儿说下去。父女俩把这个平淡而不平常的早晨送走之后，世和启动他那辆富康牌轿车，按老程序先送女儿去学校，而后再回自己的研究所。

一架喷洒空气清新剂的微型无声直升机正从复兴大道的上空掠过。开着车窗的世和闻到了一股在森林里才能闻到的那种自然界的清新之味。他看了看远处的天，天空澄澈而蔚蓝，尽管有风，却并没有灰尘和风沙在空中浮游。自从华北巨大的绿色计划和南水北调工程完成之后，北京已像一个刚刚沐浴过的少女，显得靓丽而洁净。20世纪雾霾天气路上行人戴口罩的情景已在街道绝迹。望着这个初夏早晨的街景，世和的心情渐渐明朗起来，由金娜辞职南下而引起的不快，慢慢沉入他的心底。

送完女儿在驶往研究所的路上，世和的车速快了起来。他想起了今天的试验，这是他的研究生涯中一个重要的日子。20 名士兵将要吃下他和助手们花了几年时间才研制出的高能食品粒，而后进行观察、记录。这种高能食品粒虽然此前已在动物身上进行过试验，但人吃了后究竟是什么情况他心中还没底。车驶进研究所大门时他看见有两列士兵向院中走去，他估计这就是那些受试的战士，忙把车停好向他们走去。

当他向那批士兵快步走去的时候，南部天空有一团黑色的云彩正在飞快地膨胀并随风北移。假若世和那一刻抬头看看南部天空的话，也许会对它提高一点警惕，因为那云团的确有些奇异：四周漆黑而中间有一点闪亮的东西，正像一个活物一样翻着跟头向北边的天空奔移。可惜世和没有抬头看天，头顶上的天空依旧一片蔚蓝，阳光仍是那样绚丽，他没有必要去关心天气。他此时的全部注意力都集中在那些士兵身上。他在列队的士兵们面前站定，满意地看到他们果然是按照他的要求挑选出来的：五名偏胖偏高的士兵，五名偏胖偏矮的士兵，五名偏瘦偏高的士兵，五名偏瘦偏矮的士兵。他要对比着进行观察并记录下数据，以便制定出日后配发部队时的详细要求。

“各位请注意，你们今天的任务其实非常简单，就是待会儿吃下两粒食品，每粒食品的体积只有一颗绿豆那么大。吃下之后，你们在 15 天之内将不需要吃喝任何东西而仍能照常训练。在你们吃下这两粒食品后，我们将交给你们每人一沓表格，每过两小时，请各人把自己身体的感觉填到表格里；同时，医护人员每半天将为你们检查一次身体。你们服用的是一种通过高科技手段

获得的高能量食品，如果此项试验最后成功并能在战时配发部队，将会从根本上改变我们的后勤供应办法……”

张世和交代完毕便脚步轻松地向实验大楼走去。在他走进大楼的那一刻，南部天空上的那团黑云差不多已经滚近头顶上的天空。阳光正在被成片成片地淹没，有一股凉得异常的风开始接近研究所的门口。在门口站岗的哨兵禁不住打了一个寒战外加一个响亮的喷嚏。

实验大楼里如往常一样灯光雪亮，中央空调正把宜人的凉风送往大楼的每个角落。世和走出电梯间在七层自己小组的实验大厅门口站下的时候，发现八名助手都已经展开工作，各种分析、提取、照射设施已开始运转，一种轻微的嗡嗡声在大厅里弥漫。他满意地让一个笑纹在嘴角一闪，便走向了自己的工作台。

那 40 粒高能量食品 VO1 正静静地躺在玻璃钢制成的保险箱里。世和按动密码锁小心地把盛在一个金属盒里的 VO1 端了出来。他端的时候小心翼翼得如同端着金子一样。只有他和小组里的成员才知道，制出这 40 粒食品经历了多少道难关、花费了多少金钱。如果把花费的所有研制经费都算上，每一粒食品其实都比一个金豆子还要昂贵。当然，这代价里也包含着许多弯路和多次失败的耗费。

世和把这些高能食品粒放在工作台上，刚要转身去叫助手小靳随他下楼时，猛觉得周身一麻，有一种轻微触电的感觉。难道是什么地方漏电了？他在惊异中刚想开口让一位助手检查一下电路，双唇还没来得及启开，一声他平生从未听到过的类似爆炸般的巨响扑进了他的耳朵。与此同时，一道极亮极亮的红色闪光照进了大厅，接着，整个大楼摇晃了一下，实验大厅里的设备和仪器乒乒乓乓地挤撞碎裂了。世和自己也被这突然的摇晃弄倒在地并飞快地在地板上向大厅一角滑去。他感觉到左肩膀被墙壁重重地撞了一下，同时听到一个助手在另外的什么地方发出了一声痛楚的呻吟。电灯也在骤然间灭了。世和在短暂的惊怔过后判断：一定是发生了地震。但从破碎的玻璃窗外传进来的正常的声音，又使世和对自己的判断产生了怀疑。他[illegible]定大楼已停止晃动之后急忙起身凭窗去看外边，[illegible]一条街道上的行人仍如平时那样走得不慌不忙。这么说不是地震？

——在大楼里的所有研究人员请注意，楼房刚刚遭受了雷击——院子里平日播放上下班号声的高音喇叭里传来研究所宋所长的声音。

——请大家不要惊慌，楼体并未受到严重破坏，各研究室、组在对伤员包扎后可沿楼梯撤出大楼；存有易燃、易爆物品的研究室、组，要对这些物品做好检查……

原来是雷击！大楼上不是有避雷装置吗？世和来不及多想，急忙去寻找被刚才的震动摔倒在实验大厅各个角落里的助手。还好，除了两人被碰伤手臂上的肌肉之外，其他人都安然无恙。世和在检查了人员之后才去看大厅里的实验设备。眼前的景象令他心碎：所有的仪器设备都移了位，不是破碎就是变形扭曲。真是一场天灾啊！他在痛惜中猛然间想起了那40粒高能食品，急忙踩着破碎的玻璃碴儿向自己那个已经变样的工作台奔去。天哪！哪还有什么高能食品粒？原本悬吊在两米外的六个盛满化学溶液的玻璃大瓶都碎在了他的工作台上,六种颜色的溶液正在顺台流淌。他知道那些高能食品粒遇水即开始分解，更何况遇到的是这些化学溶液？他心如刀绞般地在原地跺脚：老天爷，我们三年的心血啊！他急忙俯身在台上台下寻找，企望能找到那些逃开溶液分解的食品粒。几个助手此时也都跑过来帮助寻找，谢天谢地，最后在地板上总算找到了两粒，但这两粒也沾上了些溶液，已开始变软，可能要不了几分钟也会溶解。怎么办？把这两粒食品拿去让一个受试的士兵吃下？可这食品已经受了化学溶液的污染，万一出了意外咋办？也罢，就让我自己来吧！失去这个试验机会太可惜了，我自己吃下多少总可以获得一些实验数据。想到这儿，他扬手把两粒食品放进了口中，而后去一个盛矿泉水的纸箱里找了一瓶矿泉水，喝下一口把食品粒冲进了胃里……

世和晚上下班回家拿起当天的《北京晚报》，才知道那场意外地毁坏了他的实验计划的雷击到来的全过程：……天边那团奇怪的黑云抵达城市上空之后，先是从天上落下不多的雨滴；随即只见黑云中间的亮点迅速扩大，闪出探照灯一样的光束；之后便响起一声霹雳，击中了一座研究所的实验大楼和附近的一座民居塔楼。尽管这两座楼上都装有避雷针，但仍然没有避开这次突然袭击。两座楼内都有人员受伤，窗户玻璃多被击碎，室内用物均发生移位碰撞，但未造成火灾。两座大楼都未遭根本性破坏。霹雳过后约 10 分钟，那团黑云便在向北方的移动中四下散开，未造成新的降雨和破坏……

“吃饭了，爸爸！”小艺的喊声把他的目光从报纸上挪开。“阿茜做的红烧鲤鱼！”小艺边拉着爸爸的手向餐厅走边报告着晚餐的食谱，“吃吧，别再为你的高能食品伤心啦，没有了不会再造？造的方法不是已经有了？”小艺边说边把饭碗推到爸爸的面前。

“我真不想吃，我一点也不觉着饿。我——”世和突然想起自己不饿的原因是吃了高能食品粒，忙抬腕看看手表，又快到记录感觉的时候了。他赶紧起身拿起了“感觉登记表”。

“你这高能食品粒真有这么大的神力？”小艺明显有些不相信。

“按研制时设定的标准，我吃两粒可以在

15～18天内不用吃喝任何其他东西，而且能保证身体的各个器官正常工作，体力不受影响。可如今食品粒已被污染，我不知它的能量被破坏了多少。”

“爸爸，晚上也给我两粒吃吧，那样我就可以节约下吃饭时间用来学习了。”

“以后会的，但眼下它们还太昂贵。”世和笑了，亲了亲女儿的额头便向书房走去。他想用家用自动查体机量出此刻自己的血压、脉搏、体重、视力变化、红细胞与白细胞的数量，并做一下心电图和脑血流图。

做完自我检查，世和很高兴。各项数据和指标都与平时没有什么两样。他记录下有关数据，叮嘱阿茜照应小艺睡下之后，便按平时养成的习惯，于11点上床歇息，并很快进入了安恬的睡眠。

他是被一阵剧烈的头疼由睡眠深处拉回清醒状态的。他看了看表，凌晨两点。为什么会出现头疼？按高能食品的配方设计，人服食后根本不会出现这种症状。他拍了拍额头，企望止住那针刺似的疼痛。小艺被他造成的响动惊醒，得知他头疼，忙拉开抽屉拿出了止痛药。以世和当时的那个难受劲，他是真愿吃点止痛药的，但想到那样会掩盖真实的感觉，不能得到服食高能食品粒后的真实身体反应，就推开了女儿拿药的手。

世和后半夜基本上没有睡着，就仰躺在床上，一边忍受疼痛的折磨一边在想怎么会出现这种症状。造成这种情况的原因或者是原来的配方有问题或者是各种成分合成时出了毛病，还可能是食品粒被污染后起了新的变化。黎明时分，他感觉到疼痛主要转移到了眼部，那种疼法仿佛是有一只手在撕扯通往眼底的什么东西。有一阵，他几乎要被那种撕扯和烧灼般的疼痛折磨得昏迷过去。天哪，幸亏是我吃了这两粒高能食品，倘若让哪个士兵吃了，他能忍受得住这种可怕的折磨？必须弄清造成这种反应的原因，不然，这就不是研制食品，而是研制毒药了……

天亮时分，被疼痛折磨了大半夜的世和终于沉入了酣睡。在那片迷蒙的睡乡里，他看见一个白须飘垂的老者牵着一条面目狰狞的怪兽在悠然踱步。怪兽的脑门上写着两个大字：地动。那怪兽边走边朝路人吐着吓人的舌头，但一逢老者呵斥，它便急忙驯顺地把嘴巴闭紧……

小艺是最先醒的，她知道爸爸昨晚没有睡好，轻手轻脚地起床后先去调整了阿茜后背上的开关，使得阿茜做饭的动作也变得分外轻柔。阿茜把早饭做好后，小艺过来摇醒爸爸，满怀关切地问：“要不要我请假在家照顾你？”

正在睡乡里盯视老者面孔的世和被女儿摇醒后，在枕上眨了眨眼睛，突然觉出头部异常轻松，他坐起身，边说“不用”边抬腿下床，在目光触地的一刹那又突然把双脚惊恐地收回，同时骇然地开口问：“老天，这地板是怎么了？”

“怎么了？”小艺有些惊奇地望着一如往常的地板，反问着爸爸。

“我看见了地板下边的土、岩石、水和流动的岩浆。”世和伏在床沿上惊骇地向床下看着说。

“你瞎说什么？”小艺笑了，“你是不是有些发烧？”她边说边伸手去摸他的额头。

“我真的看见了！”世和挡开小艺摸他额头的手，“我没有发烧，我看见了地下的一切，孩

子。我不知道这是怎么回事，我看见了一层一层的东西……”

小艺先是震惊而后陌生地看着爸爸：他怎会在一夜之间变成了不正常的人？一刹那之后才转身向客厅里的电话扑去，按妈妈走前留下的号码拨通了香港的电话之后，她只说了一句“妈妈，爸爸他——”便“哇”的一声对着话筒哭开了……

第二章

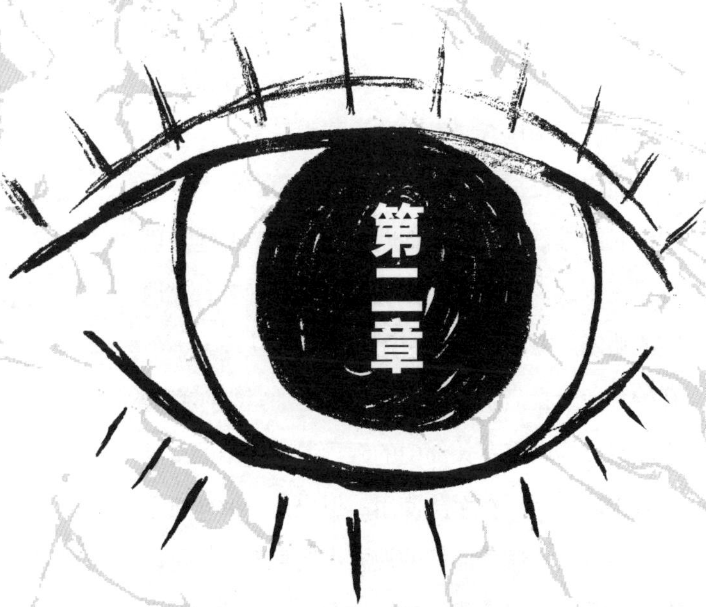

新华社6月4日消息：总后勤部军需研究所战时食品研究组研究员张世和，昨天进食自己研制的两粒高能食品后，其视力于今晨发生奇异变化，竟可以一眼看穿地底，自称能看清地下的任何东西。今天上午，先是由几名医学专家对他的身体进行了检查，发现他除视力异常外身体其他方面均属正常；随后有十几名地质方面的专家专门对其进行了观察和询问，并多次改变地点进行现场测试，最后肯定张世和的双眼确有看穿地底的功能。专家们对此事纷纷称奇。从今天下午开始，战时食品研究组已集中全力加紧制作高能食品粒。据国家有关部门的领导说，新一批食品粒制出后，暂不在军队使用，拟先让一批地质勘探队员进食。假若他们的视力也发生奇异变化能看穿地底，这将使我国的地质勘探工作发生革命性的改变。目前，张世和正在家中休养以适应他身体的新变化……

世和静静地仰躺在床上。他的身体没有任何不适，却就是不愿下床，因为一下床双眼免不了要看地板，一看地板就看到了地下的土、沙、水和岩石以及奔涌的岩浆。这让他感到了恐惧，生出一种自己会不会掉进地层深处的担心。没办法，只好眼睛向上躺着，看一阵书，或听一阵收音机，连上卫生间时他都是闭了眼摸索着走。

金娜默默地坐在床边，满眼忧虑地看着丈夫。刚刚由香港飞回来的她面对丈夫这种突然变化，也有些茫然失措。怎么可能出现这种情况？这不是像神话一样？人的视力怎会转眼间发生如此巨大的变化？

“真对不起，你刚去香港就害得你又飞了回来。”世和歉疚地说，“我原本是想研制让人耐饥的高能食品的，没想到会出现这种怪事。”

“我们向往的和收获的常常并不一样。”金娜叹口气安慰道，“但愿这种意外不会危及你的健康。”

“我过去听说过人体的各器官都具有继续发展的潜力，关键在于寻找到适合的条件，我不知道我眼睛的这种变化属不属于这种情况。”

“让我们祈祷是这样吧。”金娜的两条秀眉皱到了一起。

“这次你就别走了吧，家里确实需要你。”世和望着金娜恳求道。

“不去怎么能行？人家已把工作交到了我的手上。再说，家里原本就不富裕，你这一躺下，经济上会更显——”

“妈妈——”外间突然传来小艺一声喊，那喊声里还夹着一丝惊恐。金娜闻声急奔出去，才发现是机器人女佣阿茜双手死掐着小艺的胳膊，疼得小艺面孔煞白。“放开！”金娜气恼地对阿茜吼，但阿茜仍然没有松手。她慌忙上前去按阿茜背后的开关，可照样没有奏效。眼见小艺疼得满脸是汗，金娜只得又跑进卧室里对丈夫喊：“快，你装配的阿茜出了毛病，死掐住小艺不放！”躺在床上的世和惊得忘了一切，跳下床便向外跑去。到了阿茜身后摆弄了一阵，才让阿茜松了手。“对不起，小艺，是程序运行中出了点毛病。”世和边安慰着女儿边对阿茜下令，“赶快道歉！”阿茜这才面带笑容地朝小艺弯腰施礼说道：“对不起，小姐，让你受惊了！”

“谁家的机器人也不像我们家的阿茜，总出毛病！”金娜恨声抱怨，“我在香港的机器人商场看了，很先进的少女型机器人，只要 21 万元，可我们连这点钱也掏不起——”

咚咚咚！一阵粗重的敲门声打断了金娜的抱怨。金娜把门打开时看见外边站着一个风尘仆仆的乡下男人。“你找——”

“俺找张世和，他在吗？”

“你是——”

“俺是山西大西堡的，俺叫古可木，是居民组长。俺是从报纸上知道张世和能看穿地底的消息的，俺一看到消息就连夜搭车来了。俺代表俺们村 800 口子人，想请张同志去俺们那儿帮俺们看看水！”

“水？”

“俺们那儿原本就缺水缺得厉害，今年又偏遇大旱，如今人畜都没水可喝，井打了一眼又一眼，可都是些干窟窿。所以俺们想请张世和去俺们那儿看看，看清哪地方有水了，俺们好在哪儿打井，免得白费力气。”

“可他现在——”

“金娜，快请客人进来！”刚由小艺搀到卧室床边的世和这当儿在屋里喊。金娜闻言只好把古可木让进卧室。古可木进屋后，听说床沿坐着的就是张世和，扑通一声就朝他跪下叫道：“请张神人去俺们那儿走一遭，帮俺们解除缺水之苦！”

世和见状急忙示意金娜把古可木扶起说：“我哪里是什么神人？我只是在科学实验中阴错阳差地弄得能看见地底下的东西。你刚才说的那些话我都听见了。这样吧，过些日子，待我适应了身体的这种变化，就去你们那里走一遭，行吗？地下的水我的确能够看清楚，我可以帮你们这个忙！”

“俺想今儿个就请你去，俺们那儿因为今年大旱断水断了几个月了，村里人每天都是到几十里外的地方背水吃。村里几班子打井的俺让他们都停了，想等你去了以后再干。这样吧，俺给你买最好的车票，俺一路都扶着你，俺们也给你很高的工钱！俺们有钱，临来时碰见俺们县长，县长说只要你去，他保证给你高报酬！俺现在就可以先给你 1 万元，这是俺身上带来的！”古可木说着就要去掏钱。金娜见状眼睛一亮，急忙把丈夫拉进旁边的房间说：“这倒也是个挣钱的办法，帮农民察看地下水同时收点报酬，对双方都有利！我们还可以成立个找水公司，专为外省人服务，如今缺水的地方可是很多。”世和听罢就把双眼一瞪，压低了声音说：“那怎么行？我是军人！再说，老百姓挣个钱可不容易！”

“你挣钱就容易了？别给我硬充高尚！”

世和没再理会金娜，扶了墙出来对古可木说：“既然你们急等着找水打井，那我就跟你去一趟。好在我在家休息，也不用请假，咱们快去快回。但你要给钱我就不去，我有工资，平日的收入比乡亲们多，怎能再去要你们辛苦挣来的那点钱？”

世和是当晚和古可木一起登上西行列车的。当列车在黑暗中呼啸着向黄土高原驶去时，为了防止视线触地引起头晕用布带蒙着双眼的世和无声地一笑：“没想到我一个研究食品的，竟要做一个找水的人了！但愿我能在大西堡为他们找到水，实实在在地为百姓们做点事……”

大西堡地区的旱情是那样令人吃惊。世和站在那条名叫落凤的岭上往远远近近的沟壑坡坎上一望，在这个本该满眼碧绿的初夏时节竟然见不到一点儿绿的影子。满地的庄稼都枯黄了。由于道路狭窄崎岖，政府派的送水汽车进不来，村里人要到几十里外停靠在公路上的送水车那儿去背水。水在这里真正地变成了比油还珍贵的东西，每家人往锅里舀水做饭时都是用碗小心地比量着，唯恐浪费了一丁点水。村里人听说来了一位能看穿地底的北京人，一齐拥到了村边迎接。世和立刻感受到了乡亲们那凝视他的目光里所含希望的重量。他进村只坐了片刻，便急忙起身沿村边往地底下仔细地看去——要解救被旱情折磨的村民的急迫心情，不知不觉间消除了他对视力变化的不适应。

这里的土层的确比北京厚出许多，但岩层下边却和北京一样，并不缺水。世和在村南的岭坡上一站，立刻吃惊地盯住脚下：就在他站立的地底下，竟有一条波涛汹涌的地下河。他估量了一下那地下河的宽度，有 200 多米宽；水的流向也和地面水的流向相同，由西北向东流去。嗬，倘是这地下河的水能利用起来，这儿也将变成鱼米之乡了。他估量了一下地面至地下河的深度，又不由得叹息一声，这个深度不仅村民们的钻井技术达不到，连油田的钻井工人们也很难钻透。他遗憾地顿了一下脚离开了那个地方。也许再过若干年，后人会有利用这条地下大河河水的技术。

世和在村子四周边走边往地下看，整整走了

一天。这儿的地下水有的是，关键是要找一处最浅最容易打井的地方。好在地下的东西和地面上的东西一样在他眼前一目了然，他可以反复进行比较和估算。傍晚的时候，他用脚在村东的一个沟坡上点了两个地方，让古可木派人在这两处地方下手打井。

村民们听说张世和定了井位，当夜就动手开始干。世世代代积攒的打井经验使下挖的速度异常迅速。人们分成四班，一刻不停地干。到第三天太阳升起的时候，两口井都见水了。村民们显然没有料到两口井里的水会如此旺，水像泉一样地直涌到井口，此后任大伙怎样用桶用罐担水，水位也不见降低。多少天来无水洗脸的姑娘、媳妇们，这时也都敢把脸浸在水桶里，嘻嘻哈哈、痛快淋漓地搓洗了。世和望着欢乐的人群，听着满村飞荡的笑语，脸上浮出了由衷的笑意。他知道这两口水井下边接通了一处地下活水，这个村里的村民从此将不再害怕干旱的威胁。

当天中午，为感谢世和替大西堡人找到了水而举行了独特的村宴——全村 200 多户人家每户各炒一碗最好最奇的菜端到井台旁的空地上，由古可木把这 200 多碗菜摆成一个“水”字形，让世和拿一双筷子每碗各吃一筷。这些菜个个不同，单是用鸡蛋，就做出了蒸蛋羹、炒鸡蛋、炸蛋卷、水煮蛋、凉拌蛋丝、炖蛋黄等好多种，世和因为吃了高能食品粒根本没有食欲，哪能吃得了这么多菜？但为了不拂乡亲们的盛情，他用筷子每碗蘸了一下，算是表示已经品尝过了。

世和为大西堡村找到水的消息飞快地在四乡里传开了。他原准备吃过村宴就要启程回京，可此时哪里走得开？周围十几个村的村民有的牵了毛驴，有的骑了摩托，有的开着拖拉机，一齐抢着要把世和接到自己村里去。世和被人们脸上那股股股的渴盼揪得挪不动脚了，他只好推迟行期，为十几个村子排了顺序，而后一个村子一个村子地走，直到接到北京研究所发来的电报：见电速归。他才上了榆林科委专门派来接他的轿车……

第三章

京通社6月20日消息：具有看透地底能力的总后勤部军需研究所战时食品研究组研究员张世和，于休养期间被陕西榆林缺水地区的农民请去,在为十几个村子的农民解决吃水困难的同时,发现了一条巨大的呈西东流向的地下河。据他描述，这条河的水流量差不多可以和地面上的珠江相比。可惜的是，这条地下河由于在地层深处，我们目前的技术还无法利用。但随着我国科学技术的发展，相信会有利用这条地下河水的一天。张世和的这一发现再一次表明，地表水资源日益枯竭的我国黄土高原，在未来仍有变成鱼米之乡的可能，大自然并没有决定从这块土地上赶走人类，他老人家只是出于对人类肆意破坏生存环境的愤怒，而让大批的水隐身到了地底。另据《晨声报》消息：十名和张世和一样具有看透地底能力的人很快将在我国地质勘探队伍里出现。他们将于近日服用重新制造的高能食品粒。未来的石油、煤、天然气和各种金属矿藏的勘探将变得轻而易举……

世和到家以后才知道，金娜已飞回了香港金丰商行。小艺把妈妈留的信交到世和手上。世和见那上边只写着两行字：

世和：

为了让你能高尚地活着，我决定仍回香港挣钱以改变这个家庭的经济状况。

金娜

6月15日

世和苦笑了一下，开始询问小艺近段的学习情况。小艺说，我学习很好，我担心的是你。你还怕用双脚在地上走吗？世和说经过这次在山西找水我差不多已经习惯了视力的变化……父女俩正聊着时，研究所的领导和他的几位助手来了。世和这时才知道,助手们这些天夜以继日地工作，已经用原来的原料和程序重新制出了 20 粒高能食品。国家也已挑出了十名地质勘探方面的年轻专家，准备让他们进食这些高能食品粒。这次之所以拍电报催他回来，是为了让他给这些地质勘探方面的专家讲清进食方法，以确保食品能量全面发挥。

“进食方法其实非常简单。”世和面对着满脸惊奇的十名地质勘探专家含笑说道，“就像吃西药片一样，往嘴里一扔，喝一口开水或矿泉水，连水带食品粒一起吞下去就成。记住两点：一、不要嚼；二、不要用加了糖的水。服用时请大家心情不要紧张，这对身体并没有什么危害，你们不是看到了，我依然很健康！当然，服下食品粒几小时后，会有剧烈的头疼和眼部疼痛，这时请大家不要吃止痛药而要忍耐下去，再过几小时，痛感就会消失。按照我当初的经历，痛感消失不久，视力就会改变。视力刚改变时，你们可能一下子很难适应，但过些日子就会好了。我现在已经适应，今天来研究所时，我还是自己开车来的。现在请大家服用吧。”

服用高能食品粒之后的地质勘探专家们被集中安置在一个招待所里，为的是便于观察和照顾。晚饭的时候，十个人都说不饿没有食欲，这证明高能食品已经发挥作用。接下来就是等待头疼症状的出现。约莫到了症状该出现的时候，世和与几个医生一起逐个询问他们头部的感觉，但是奇怪的是，每个人都说他们很正常，没有任何不适感。这让世和感到诧异：莫不是这批高能食品粒奇异能量的发挥要推迟一些时候?

四个昼夜 96 小时过去之后，这十个人中仍然没有一个人说自己头疼和眼疼，也没有一个人说自己的视力发生了什么变化。每个人都称自己的身体很舒服。

世和与一直坐在招待所等待结果的地矿部负责人，只好耐心地等下去。

第 16 个昼夜过去，未吃喝过任何东西的十个人仍说他们身体很舒服，还如往常一样地在招待所读书、写文章。世和这时虽然断定那种和自己一样视力发生变化的事不会再发生，但仍然为高能食品在人身上的试验成功而感到由衷的高兴。自己当初服用两粒高能食品后虽然也是在第17天恢复正常进食的，但那毕竟算是个例子。这次十个人全都在16个昼夜间没有进食过任何东西而身体状态依然如常，彻底证明了高能食品的研制成功。从今以后，除了战时的军人之外，所有从事诸如远洋航行、高山探险等不便携带食物的职业的人们，都将很轻松地解决“饮食”的困扰；遇到洪水、干旱等重大灾难的人们，也会轻易地解决饮食问题。当此种高能食品粒批量生产之后，每个人每个家庭都可以购买一瓶保存起来以备不时之需。啊，我们终于完成了这个研究课题，完成了人类饮食方法上的一次重要变革。今晚得和小组的全体成员一起喝几杯！

酒宴设在银都饭店的贵宾厅里，钱是世和和他的八个助手每人200元凑起来的。几年来的辛苦总算有了个圆满的结果，每个人都激动得热泪盈眶，大伙把满溢的酒杯“当啷”一声碰在了一起……

畅饮的九个人在欢乐中都没有注意到，研究所的宋所长已轻步走了进来：“怎么，不请我也喝一杯你们的喜酒？”世和和助手们闻声急忙过来拉所长入座，把酒杯放进了他的手里。所长端杯笑道：“趁我没有喝醉之前，先把一项命令宣布出来！”

“命令？”

“现命令你们研究小组，从明天起立即投入‘高能食品粒与视力异变’课题的研究，要求尽早研究出可使人眼看透地底的东西。总后首长对你们前一阶段科研成绩的嘉奖令明天公布；国家给你们科研新课题划拨的经费也于明天上午到位。总理已经表示，这个课题需要多少钱就给多少钱！”

世和与他的八个助手显然都没有接受这个新课题的思想准备，在这突然而至的命令面前一时不知该怎样开口。

“咋着，胆怯了，害怕了，不敢接受？”

“谁说的？”世和霍地一下站起。

“敢接你们就和我碰杯！”宋所长把手中的酒杯举到了桌子上方。

“当”的一声，十只酒杯碰到了一起……

世和那天晚上往家走时觉得有些头重脚轻，他知道这是酒精在起作用。他已经做好了进屋就倒头睡下的准备，但进屋后发现有两个陌生人坐在客厅，阿茜正忙着为他们倒水。“对不起，张先生，这么晚了还要打搅你。我们是文物局的，有件重要的事想请你帮忙。”两个人中的那个胖子和颜悦色地开口，边说边掏出了盖有印章的证明他们身份的介绍信。

“什么事？”世和睁了睁眼睛，抗拒着酒精想要合拢他眼帘所做的努力。

“想必你已经知道，我们国家已正式准备掘开武则天的陵墓——乾陵进行研究。准备工作已经就绪，明天就要正式开工。但就在今天上午，英国的《泰晤士报》突然发表了两名英国人的文章——《中国即将掘开的乾陵内并没有武则天的遗体》。文章中说，他们前不久来中国旅游时，曾悄悄用最先进的观测仪器对陵内进行了观测，发现陵内并无一具尸体存在，认为这是一座假的陵墓。这件事使我们很吃惊，如果真如他们所说，那我们的发掘工程不仅徒耗钱财，而且也会给世人留下笑柄。因此，我们很想请你去看看，你的眼睛——”

“哦？”世和身子一震，“有这样的事？”

“这篇文章使我们犹豫不定，你知道，我们的探测技术目前还不能——”

“好吧，什么时候走？”

“越快越好，最好今晚就坐飞机去。如果你去看后证实陵内没有武则天的遗体，我们就马上找理由向世界宣布取消这项工程。”

“我立刻就向领导请假！”世和抓起了电话，原先的那股酒意已在不觉间悄然退走……

世和是黎明时分抵达乾陵的。他在熹微的晨

光里登上了陵墓顶部。看见了，那是墓道；那是放陪葬品的侧殿；那是陵寝；那是暗道；那是石制的防盗弓箭；那里灌注了水银；那儿置放了香料；那是陶制兵士。看见了，那是锦缎包裹着的一具女尸。世和在越来越明亮的天光里把地下巨棺内的那具女尸与文物局那位胖子手上的武则天画像做了比较：是你，则天女皇！你的面貌改变并不是很大，只是画像上的你显得神采飞扬而地下躺着的你显得苍白忧郁而已。当初皇室用了什么处置遗体的秘方，竟使你的遗体存放了这么久而仍如刚躺下一样？一定是收拾你的遗体的那位宫女有些大意，使得你的一绺头发稍稍垂下遮住了你的右眼角，不过这并没有影响你的威仪。你的两个嘴角都有挺深的两道纹路，是它们暴露了你的年纪，你死时的确老了……

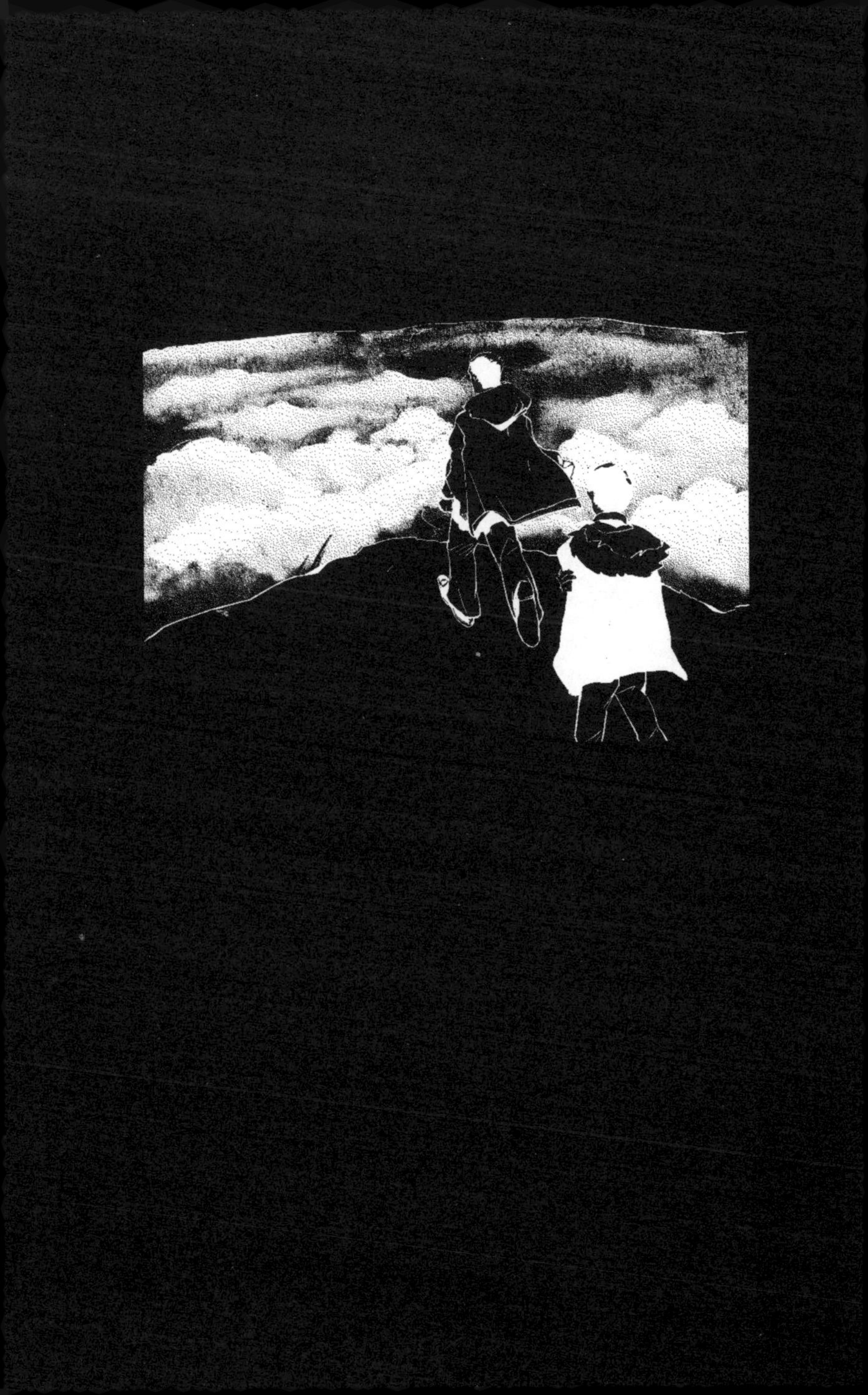

世和在初绽的朝霞里抬起头说："照计划挖掘吧。"

"她在下边？"文物局的那两位官员惊喜地问。

"在。她不会再去别处了，去外地巡幸只能是 1000 多年前的事了。"

"她的遗体保存得如何？"

"很好。就像一个睡着了的盛装妇人。"

"天哪！"那胖子感叹了一声。

"你们挖掘时一定要十分小心，要从西侧的墓道缓缓进入，要小心暗设的弓箭，要保证别惊动了她的睡眠……"世和边说边向陵下走去。则天女皇……武媚娘，原谅我的观察和评说吧……我告诉他们你躺在这里你不会生气吧？其实你总躺在地下也会寂寞，出来看看 21 世纪是个什么模样不是也挺有意思？再说，如今已有了最先进的保存遗体的方法，你可以容颜依旧地睡在水晶棺里，让人们争相前来一睹你的芳容。你装扮得这么好却永远沉睡地底不也可惜？……

世和当天便又乘飞机飞回了京城。

世和从乾陵飞回京城的当天晚上，就去努力回想自己那次因进食高能食品粒而导致视力畸变的全过程。也许奥秘就藏在那个过程里。回忆后引起他重视的第一个问题是那些化学溶液。世和清楚地记得，自己吃下去的那两粒食品浸上了化学溶液。他记得当时悬挂在工作台附近的化学溶液瓶一共是六个，分别装着 E1、E2、E3、E4、E5、E6 六种溶液，当时雷击引起的震动使这六个瓶子同时摔碎在地，究竟是哪一种或哪几种溶液溅到了高能食品粒上，还说不清楚。也许就是这些溅到食品粒上的少量溶液使高能食品粒具有了使人视力畸变的效力。研究的突破口应该选在这里！

第二天上班时他把自己的想法说给了助手们，助手们在思考一阵后相继表示同意。他于是确定了工作程序：一、重新制作一批高能食品粒；二、重新调制出 E1、E2、E3、E4、E5、E6 六种化学溶液；三、按各种比例将化学溶液浸入高能食品粒进行动物吃食试验。就在世和对他的助手们分派任务时，几个穿便衣的人出现在实验大厅门口向门里窥视。

“你们是——”世和拉开门不高兴地看着他们，他很烦有人在他工作时来打搅。

“我们是内卫 378 部队的特勤人员。我叫韩流，中尉。我们刚刚接受了保护你的任务，我希望我们的服务能令你满意！”

“保护我？”世和有些惊奇，“我一个身强力壮的军人还需要你们保护？”

“当然。你的双眼能看透地底的事由新闻界公开后，已引起国内外人们的注意，为防止出现意外，保护措施是应该有的！”

“谢谢，我不需要！”世和转身刚要走，背后传来了宋所长的声音：“世和，要服从上级的安排。他们不会干扰你们的研究工作。”

世和闻言只得点点头，看着韩流在实验大厅门口加了双岗。他以为韩流所说的保护措施也就是这个，便不再理他，只一心工作。不想下班时他刚一启动那辆富康，两辆带警车标志的轿车便把他夹在了中间，车里同时响起了扬声器的声音：

张研究员，请在我们两车中间行驶，我们将把你护送到家!

世和生气地回头瞪了一眼坐在后边车上的韩流："你们竟敢不经我的同意就在我的车上安装扬声器？！"

更令他不快的是，晚上吃饭和看电视时，也有两个便衣哨兵不停地在他的门前和窗外晃来晃去，结果使得做作业的小艺心神不定，以为有什么叫人害怕的事情就要发生。后来世和向她解释了好久才让她定下心来。晚饭后他去邻居家借一张唱片，竟也有一个便衣要随身跟了去。嘿，我竟然失去了行动自由！不行,这种状况必须改变,得想一个摆脱这些特勤人员的主意。他记起姑妈家有空房子，对，明晚下班时悄悄去姑妈那儿住。

第二天上班前他悄声交代女儿小艺，让她下

午放学后直接去姑奶家里，他会随后赶去；留下阿茜在这边看家就成。

第二天是个周末，下班时他先是到自己的车子跟前走了一趟，给人造成一种即将开车回家的假象，待那几个特勤人员分坐在两辆车里之后，他又装作去传达室拿信件的样子，悄悄从传达室后门溜到街上打了一辆的士直接去了姑妈家。他在姑妈家附近的巷口下车时愉快地舒了一口气：总算可以自由自在地度周末了。他快活地打了一个响指，然后脚步轻松地向姑妈家走去，根本没注意到巷口这时又停下了一辆黑色面包车，车上下来了几个戴墨镜的男子，他们脚步轻巧而敏捷地向世和靠近……

第四章

路透社北京6月25日消息：据此间报纸报道，中国军界一位年轻的研究员由于服食了自己研制的一种高能食品粒，双眼具有了看透地底的能力。如果这一消息属实，则表明人体具有极大的潜力并且这种潜力能被开发出来。此间有人预言，倘真有这种可以使人视力发生畸变的高能食品粒且能够批量生产，那将对人类自身的发展产生极大的影响。不过另有消息说，这名研究员目前已经失踪。

张世和是在离姑妈家的住宅楼还有十来米的地方感觉到有一只手拍在了自己的左肩上的，他初时以为是哪位相熟的朋友的亲昵举动，及至转过脸才发现是一个面孔陌生的中年男人站在他的身后，那男人另一只手里握着一支枪管很短的手枪，枪口就抵在他的左肋上。虽然隔着衬衣，他的皮肤依然感觉出了那枪口的凉意。与此同时他看到，另有三个陌生的男子已经悄步围在了他的身旁。

“你们——”

“别出声！”握枪的男人低而急促地打断了世和的惊问，“老老实实地跟我们上车，我们不会伤害你；但如果你不合作企图抵抗，你的家人立刻就会看到你的尸体！”

“你们究竟要干——”

“上车！”

世和被几个男人簇拥着向一辆面包车走去。此时他才明白，他是碰到歹徒了。他飞快地权衡之后在心里决定：暂不反抗。在这种力量悬殊的情况下贸然反抗，他们可能真会开枪。待看准时机再说吧。在这一刹那间，他开始后悔自己今天的举动,不该摆脱韩流他们那批特勤人员的保护。看来上级决定派人来保护自己并没有错。

他在被那几个人推进一辆面包车前最后回头看了一眼姑妈家的窗户，柔和的灯光正把女儿小艺的身影在抽纱窗帘上清楚地显现出来。唉，小艺，我暂时不能和你见面了。

面包车出城之后,径直朝天津方向飞驰而去。世和冷冷地问：“你们想要把我拉到哪里？”

“到了地方你就知道了。”一直拿枪对着他的那个中年男人含了笑说，“我们并不会难为你，我们只是想让你给我们帮帮忙。”

“帮忙？”

“对！你的眼睛不是能看透地底吗？我们就是想让你的眼睛帮我们看一样东西。”

“哦？”

“俺们那个地方过去曾经出过水晶，最大的一块有一吨来重，现在还保存在国家博物馆里。我们估摸地下还有，因此想请你去看看。如果有，我们就悄悄把它挖出来，咱们彼此都发点财！”

“你们应该知道，按照法律规定，你们那地方即使真发现了水晶，那也是国家的，不能挖出来据为己有。”

“你他妈的少来这种假正经的话。明说吧，你要痛痛快快帮了我们，我们绝不会亏待你，一定会让你满载而归；假若你跟我们捣蛋，那我们就只有——”中年男人用凉凉的枪口再次碰了碰世和的肋部……

车子在第二天正午时停在了一个绿树掩映的傍山小村庄。世和下车后差不多已辨不出东西南北了，但他根据车行的时间和速度估计这是在江苏的东海县境内。他被那几个人推进一户农家匆匆吃了点东西，便又被推拥着向村边走去。原先持枪的中年男子这时已把枪收起，从口袋里掏出一块水晶对世和说：“我们让你从地下找的就是这种东西。我们现在就沿着过去曾挖出过水晶的地方走，你的两只眼睛要朝下看仔细！”

世和只有默默地随着他们走，边走边把眼睛望向地面。这儿果然是水晶的产地，没走多远世和就差点惊叫起来：就在他的双脚站立的地下十几米处，埋藏着一块巨大的水晶。他估摸了一下那块水晶的体积，大约有两米见方，重量在4～5吨。而且这块水晶通体晶莹剔透，犹如一盏明灯在地下闪耀。国宝，这可是国宝！这样价值连城的东西绝不能让私人随便挖掘。他徐徐咽下已涌到喉咙口的那声惊叫，不动声色地离开了那个地方，只暗暗在心中记下了它的方位。

世和继续跟着他们走，整整一个后晌就在这种不停的行走中过去。在这一天中，世和先后从地下发现了五块大的和七块小的水晶，但直到傍晚，他才将一块很小的水晶的藏处告诉了那伙人——他估计如果让他们一无所得他们肯定不会放他走。

但他还是低估了这些人的欲望，当他在告诉他们小块水晶藏处的同时要求放他走时，那个中年男人呵呵笑了："不要慌嘛，俺们费这样大的力气把你请来，怎能只挖一小块水晶就放你走？你安心住段日子吧，咱们以后再扩大范围找找，能找到一块就能找到两块，这儿可是水晶产地，地下绝不会就这一块……"

世和气愤而又无可奈何地只得在这陌生的小村庄住了下来。晚上，那伙人找了两间房子，让他一个人睡在里间，他们睡在外间。世和躺在床上哪能睡着？想到被耽误了的试验，想到研究所领导为他的失踪而起的焦急，想到小艺因他失踪而生的恐慌，他更为自己当初故意摆脱韩流他们的保护而懊悔。

天快亮的时候，他终于被疲劳拖入了不安宁的睡眠中。但很快，一阵轻微而持续的敲击声又把他从纷乱的梦境里一点一点扯了出来。他在眨动双眼努力使自己向清醒之岸靠拢时，猛然发现窗户外边有一个人的面孔，一道微型电筒的光亮在那面孔上一闪而过——那人显然是用这种办法在向世和做自我介绍，可惜世和因为睡眼惺忪而没有看清。不过这情景使世和感到了惊奇并把他的睡意彻底赶走了：谁？他这样做是为了什么？当微型电筒的光亮再次在那张面孔上一晃而过时，世和几乎惊叫起来：韩流？！差不多同时，他借着窗外淡淡的天光看见韩流在向他招手。身为军人的世和立刻知道了自己该怎样做，他蹑手蹑脚地下床并脚尖点地地向窗户靠去。

“听着，立刻钻到床底下去以防枪弹伤着！”韩流的声音像蚂蚁一样从窗缝里爬过来钻进了世和的耳朵。

世和一边感动地点头一边又轻步退回床边。他刚刚隐身到床底下，外间的屋门便轰然一声被撞开，随之是一阵“不准动”的喝令。那伙企望通过挖水晶发大财的持枪男子终究未经过正规的应变训练，在这突然而至的袭击面前懵懂失措没了反抗的能力，除了那个中年男子尚能抓起枪打出两发子弹之外，其余的人差不多都是束手就擒。这场解救世和的战斗前后不过两分钟时间，两分钟之后世和就已经欢喜而激动地扑到了韩流身上：“谢谢，谢谢你们的解救！”

坐上韩流他们开来的越野吉普之后世和才想起来追问：“你们怎么知道我被劫持到了这儿？”

“我们早已在你的衣服上悄悄抹了一点儿你看不见的东西，是这种东西引导我们寻来的。”韩流笑指了一下世和的衣襟，“其实你一出京我们就知道了你行进的方向，但以为你是出城办私事，就没有立刻来追，直到——”

“东西？什么东西？”世和惊奇地翻着自己那未见任何异常的衣襟。

“保密！就像你研制的高能食品粒一样，这东西也属于保密范围。”

世和到了家，小艺自然是喜极而泣，一下子扑到他的身上，把温热的泪水往他胸前成片地涂了起来。世和正对女儿说着安慰的话，宋所长和同组的几位助手已走进了屋里。世和便转而向所长汇报被劫持的经过和他发现水晶矿藏的情况。宋所长听罢，一边叮嘱他今后要小心，注意接受特勤人员的保护，一边表示要把他发现巨型水晶的事向国家地矿部报告。世和接下来急忙询问助手们关于实验的进展情况，方知助手们已按各种比例把几样化学溶液搭配好了，明天就可以浸润高能食品粒以进行动物食用试验。几个人正说着，电话铃突然响了，来电话的是国家地震局的办公室主任，在问清世和已抵家之后说他们有紧急大事要立刻见世和。

“什么紧急大事？”世和有些诧异，从一位

助手手中接过话筒问。

“见面再说！我们现在就去你家。”那位办公室主任说罢就放下了电话。

世和刚要向所长请示是否见他们，不想所长身上的移动电话先一步响了。电话是国防部齐秘书打来的，齐秘书在电话上命令：“立即安排张世和与国家地震局的领导见面，他们有紧急情况要和张世和商量！”

“什么事竟需要和我商量？”世和满脸惊异。

“见了面就知道了。”宋所长让世和的几位助手先回实验室工作，自己留下来陪着世和等待。不一会儿，门外果然响起了汽车的急刹车声。所长和世和迎到门口，只见几个中年人正在接受韩流对他们证件的检查。那几个人进屋后只说了两句简单的寒暄话，一位名叫安中的局长就急忙在桌上摊开一张地图说："世和同志，我们的地震监测网络最近两天突然发现陕西的渭河南北地区的地应力有一些变化。你可能知道，该地区在1556年1月23日也就是明朝嘉靖三十四年曾发生过一次强烈地震，死亡达83万之多，是我国有文字记载以来震级最高损失最为惨重的地震。也因此，我们担心这次的地应力变化很可能是发生又一次地震的前兆。可目前我们的地震监测设备还不具备准确测出地下岩石和岩层是否断裂的能力，不能做出准确的地震预报。所以，我们想请你尽快随我们一块儿去陕西渭河南北地区走一趟，帮我们看一下地下岩石和岩层的情况。"

"当然可以！"世和一听说可能发生地震，心里骤然一紧，立时想起了父亲的那个录音遗嘱，"要我做什么都可以！"他看了一眼所长后再次表态。

“那就请你立即随我们去机场，直升机正等着我们起飞！”安局长一边卷起地图一边说。随后他又对小艺笑笑：“真抱歉，你爸爸刚回来就又被我们拉走，使得你们没有团聚的时间。”

“没什么。”小艺懂事地说道。她听过爷爷的那个录音遗嘱，她知道地震的可怕，更知道爸爸对地震预报工作的关注。她没说别的，只是急忙起身指挥阿茜和她一起为爸爸准备要带的衣物用品。

直升机是45分钟之后起飞的。世和透过舷窗看见京城在机身下变得越来越小。他闭上眼睛在心里叫：爸爸，儿子现在就是专为预报地震而飞去陕西的，我原来以为我已经无法去实现你的遗嘱了，没想到老天爷在阴错阳差中又给了我一次机会……爸爸，你放心，我会利用我在科研中偶然获得的奇异视力，全心全意地为地震预报尽力，把地震造成的损失降到最低……我该好好保护我的两只眼睛。眼睛，你们已经立过功了，假若你们这次再能准确地预报地震，我会加倍地爱护和保护你们！谢谢那两粒神奇的高能食品，是你们给了我这种看透地底的能力，我会永远对你们心存感激……

直升机在西安与骊山之间的灞桥附近降落时，夕阳已从渭河两岸撤走了全部光线，暮色正从骊山的林木间向四下里弥漫。世和匆匆走下飞机，立刻凝眸向地下看去。

“你看到了什么？”安局长迫不及待地问。

世和没有回答，只是睁大眼睛盯着地底。他

的目光迅速地穿透地壳、上地幔上部、上地幔下部、下地幔、外地核、过渡层，到达 6300 千米深的内地核。

——安局长，请告诉我，我应该着重观察的是哪一个层面？世和边盯着地下边问。

——地壳和上地幔，尤其是地壳和上地幔的顶部，也就是岩石圈。

——要我观察什么现象？世和依旧盯着地下。

——岩石和岩层有没有破裂？

——有。是错裂，裂缝不大。世和用手比画着。

——破裂的宽度是多少？

——相当宽，我估计有百余千米宽。

——哦？

——请告诉我，岩石和岩层破裂到什么程度

会发生地震。世和还在盯着地下。

——通常，岩石或岩层因蠕变而发生破裂并不会引起地震，最可怕的情况是岩石的“弹性回跳”。

——弹性回跳?

——对。由于岩石自身的弹性，破裂了的岩石还会“弹回”到原来的状态，这就叫“弹性回跳”，正是这种“弹性回跳”才会引发地震。岩层错裂这么宽的话，一旦发生弹性回跳，势必要引发强烈地震!

——是吗？让我看看。世和依然盯着地下，声音里露出了紧张。

——注意看清错裂的岩石是在继续错开还是开始了弹回!

——是在开始弹回。

——真的？安局长的声音中骤然添上了恐惧。

——我看得很清楚，错裂的岩层正在慢慢向回移动。

——再看仔细点！安局长也两眼紧张地盯住地面，可惜他看到的只是地表的杂草。

——我看得很仔细，没有看错！

——如果真的没有看错，我就要立刻向整个渭河地区的人们发出撤离房屋的警报，因为地震随时都有可能发生。

——那就发吧。世和仍然看着地下。

——可你知道这警报一旦发出意味着什么？

——意味着不论干什么的都要停下手中的工作？

——对！单就西安城来说，所有的工矿企业一旦停止工作，每一小时的经济损失，都是要用很大的数字来计算的。

——我明白。

——如果预报不准，你和我必须为此承担责任！

——我懂！世和的双眼自始至终一直紧盯着地下。错裂的岩层仍在往回移动。

——那我就发警报了！安局长边说边打开手机：总理办公室，我是安中，渭河地区即将发生强烈地震，请立即通知渭河地区所有城市、乡村的居民撤离建筑物，工矿企业停止工作；请立刻关闭该地区的电网；请该地区的所有水库开始放掉所蓄之水并注意监视大坝；请停发所有驶往该地的火车；请担负该地救灾任务的军队和警察迅速进入戒备状态……

仅仅七分钟之后，原本灯火辉煌的西安城骤

然间熄灭了所有的电灯；尖厉的警报声开始同时在西安城和四周的乡村上空响起。

——地下的岩层现在怎么样？安局长不安地转向世和问。

——仍在缓慢地向回移动。世和几乎是趴到了地上，两眼一眨不眨地进行观察。

——安局长把一个夹有香肠的面包递到世和手上，请吃点东西。要不要闭上眼稍歇一歇？这样长时间的观察会不会对你的视力有——

——没事。世和边嚼着面包边盯着地下。

天下起了雨，风也不知从什么地方钻了出来给雨助威。由于关了电网，工矿企业停了工作，远处的西安城和近处的乡村全都沉入无边的黑暗里。四周很静，只有风摇晃树丛和雨滴扑打地面的声音。安局长手中的电话就在这时响了：安中同志，我是总理办公室，渭河地区的防震撤离已经全部完成；负责救灾的部队已待命。你那里的情况怎样？

我们正在严密监视地下岩层的变化，一有消息我会立即汇报……

时间在世和对地下的盯视和安局长及随行人员对手表表盘的凝望中缓缓流走。大约四小时之后，也就是深夜 11 点 15 分，一直看着地下的世和突然叫了一声：“岩层猛然弹回到——”

他的话尚未说完，安局长和随行人员就感到脚下的土地倏然一动，有几个随行人员在这蓦然而来的晃动下扑倒在了地上。与此同时，他们听到了闷雷似的地声。停在近处的直升机也被摇动得咔咔作响。

地震发生了！

“报告局长，刚才的地震震级为 7.7 级。”一直守在一台仪器车里的一个中年男子向安局长报告，“震中在咸阳西 3 千米处……”

“谢谢你，世和同志！”安局长紧紧抓住世和的手摇着，“谢谢你帮我们准确地预报了这次强震，这会避免多少人的死亡啊！我代表渭河地区的几百万人民向你表示最深切的谢意！”

正揉着眼睛的世和轻声说：“我能不能坐上飞机去西安城上空看看？”

“当然可以。小孙，准备升空；老黄，立即与陕西省救灾办公室联系，询问灾情！总理办公室，我是安中，强震已经发生，但损失会降到最低,人员伤亡和房屋倒塌情况正在了解之中……”

打开了探照灯的直升机呼啸着飞向西安市区上空……

第五章

风闻社7月2日消息：一日23时15分，我国陕西渭河南北地区发生里氏7.7级强烈地震，震中在咸阳城西3千米处。该地域在明朝嘉靖三十四年曾发生过一次类似的强震，那次地震导致了83万人死亡。这次地震虽然造成了约700栋高楼和11万间民房的倒塌，但由于事先做出了准确预报，所有人员均在四小时前撤离了建筑物，故只有11人受伤，5人死亡。这是人类历史上造成死伤人数最少的一次强烈地震，是人类抗震、防震史上最伟大的一次胜利。有人忆起2008年5月12日发生在四川汶川的地震，那次的震级强度与此次近似，但那次地震造成了6.9万余人遇难，37万余人受伤，1.7万余人失踪。两相比较，可知此次的损失之轻。这次陕西渭河南北地区地震之所以能准确预报出来，归功于总后勤部一位青年研究人员张世和，他的双眼能看清地下岩石和岩层的变化，是他协助国家地震局向人们预先发出了疏散通知。今天早晨，当他出现在西安东郊一处疏散的人群中时，许多姑娘从田野里采摘来野花献到他的手上；不少人欢呼着把他抬起抛上天空；一些老人则在他面前跪下称他为“救命神仙”。据有关人士估算，如果没有张世和的准确预报，这次地震的伤亡人数至少在百万以上……

法新社北京7月2日电：中国陕西省境内人口稠密的渭河两岸昨晚发生强烈地震，倒塌房屋11万多间，但因为一名中国军人事先对地震做出了准确预报，从而使震区的绝大多数人躲过了这场灾难，仅有十余人伤亡。这是世界抗震史上的一个奇迹。人们现在对那位能准确预报地震的军人产生了浓厚兴趣，认为他不仅是中国的财富，也是全人类的财富，应该刻意加以保护。因为有了他，人类可以宣布：地震不再是不可战胜的……

大批盛满滚烫字句的感谢信和慰问函几乎和世和同时抵达了家门。世和到家刚接过女儿递过来的水杯，邮局的邮车就把两大麻袋信函卸到了他家的门口。世和和小艺面对如此多的来信一时没了主意，两个人便只挑那些信封好看的拆开来读。信的内容全是对世和准确预报地震表示的感激。一些人在信中称世和为救命的菩萨；一些人叮嘱他注意保护好自己的眼睛；还有一些人建议他干脆到国家地震局工作……父女两个正看得兴趣盎然，院门外突然传来金娜的一声高喊：“小艺，快来接我！”

“妈妈！”小艺惊喜地站起，飞也似的奔了出去。片刻后，风尘仆仆的金娜出现在门口，她笑望着世和说：“我一看到香港报纸上的消息，说你准确预报了渭河地震就赶忙订回京的机票，我该回来看看你这个大功臣哪！”

“什么功臣？”世和不好意思地笑了，“快进屋洗洗吧，看你满脸都是汗水。”

“来，我向你介绍一个人！”金娜说着扭头招手，世和这才看见，院子里站着一个眉清目秀的小伙，小艺正新奇地围着那小伙看。

“这是阿南，我买回来的最新一代机器人，身价 220 万，我已把我这个月的收入 20 万元付上了，卖方同意分期付款。怎么样，模样还算英俊吧？”

“是不错。”小艺高兴地代爸爸回答，“这一下阿茜有伴了。”

“从今以后，家里的重活、脏活由阿南来干，轻活由阿茜来做。阿南，过来，向张先生问好！”

“张先生好，阿南从现在起随时听从你的指派，也望先生今后多多关照。”那阿南眉宇含笑，一派绅士风度地向世和鞠躬。

世和挥挥手让小艺拉阿南进屋，这才又含了笑问妻子：“他们给你月薪 20 万？”

“不少吧！”金娜边进屋放下身上的挎包边自豪地反问，“不过我现在想出了一个更大的挣钱主意！”

“嗬，啥主意？”

“咱们开一个地震预报服务公司！”

“什么？”世和的眼瞪了起来。

“也怨我没有头脑，上次在家见你有异常视力后没有想到让你去预报地震，你这次预报渭河地震的成功才让我意识到，我们可以开一个地震预报公司赚大钱！你想啊，这世界上谁不害怕地震？只要咱们的预报公司一挂牌营业，保准有不少地方甚至外国来请你去看他们那里的地下岩层有无变化，这样，我们就可以收巨额服务费。要不了多长时间，我们保准就会暴富起来！”

“哦？”

“我听说你现在正领人进行‘高能食品粒与视力异变’课题的研究，我现在要建议你，立刻停止这项研究！这样，全世界就只有你一个人可以看透地底，也只有你一个人可以准确地预报地震，如此才能保证我们的公司是独家的，才能保证我们可以自由规定服务价格，尽快地成为大富翁！”金娜说得眉飞色舞。

“这些都是你一个人想出来的？”世和的语调突然间变冷了。

“当然。”金娜骄傲地一笑，“你不要怀疑我的经商才能！”

“我没有怀疑，我只是想告诉你，这个世界上值得人们为之奋斗的东西并不只有金钱一种！”

“又唱老调了！你什么时候才能不对我——你的妻子，再唱上一个世纪的那些陈词滥调？”

“好了，为了别再从我嘴里出来陈词滥调，我要走了。”世和说着向门口走去。

“你要去哪里？”

“研究所，研究‘高能食品粒与视力异变’

的课题！”

“你——”

“亏你想得出，靠预报地震去赚钱。地震是灾难，面对灾难你竟然能先想到去赚钱，真是修行到家了！”世和说罢摔门而出……

世和一连七天吃住在研究所，和助手们一起进行各项试验。对渭河地震的预报成功，让他更感到了他和助手们所从事的研究的重要，倘使研究出能使人一吃下去双眼就可看透地底的高能食品粒，让天下所有的人都吃下去两粒，从而让他们都能看清地下岩石和岩层的活动情况，那地震不就再也不能危害人类了？

但七天的试验过去之后世和发现，用各种比例的化学溶液浸润的高能食品粒，并没有使动物视力发生变异的能力。这使世和对自己确定的试验方向产生了怀疑。看来自己的视力发生畸变与那些化学溶液无关。那么究竟是什么东西给我那天吃的那两粒高能食品增添了那种魔力？世和坐在试验台前努力回忆自己那天服食高能食品粒的情景。会不会是震动？那天突然遭受雷击，整个大楼发生剧烈震动，高能食品粒会不会因为受了震动而使其中的某些成分发生了怪异变化？震动会使物质的性能发生改变吗？也许应该试试，好在这类试验并不复杂。

世和于是把几个助手叫到身边，对他们说了自己的想法。助手们听罢立即行动起来，先找来一部轰击震动器，而后把高能食品粒两粒两粒地分批放进去，使用不同的轰击震动强度对食品粒进行震动以观测其成分变化。

试验正在进行时，一直守护在实验室门外的韩流匆匆走进来对世和说：“外交部来了两个人要见你！”

“外交部的人要见我？”世和双眼溢满诧异。

“是的，他们带的公函上有总后首长的批示，同意他们见你。”

“我与外交有什么关系？”世和自语着向门外走去。一个年轻男子和一个中年妇女含笑迎过来说：“我们是外交部亚洲司的，我们刚刚收到日本大使转交来的日本首相对你的邀请函。”

“邀请我？日本首相？”世和吃了一惊。

“对，请你过目。”

中华人民共和国外交部转张世和先生：

请允许我首先代表日本政府和日本人民，

向您致以亲切的问候。我是从我国的《朝日新闻》上知道先生能准确预报地震的事迹的。先生以自己的预报使贵国渭河地域的几百万人成功地躲过地震灾难，使我既感到惊奇又感到无比高兴。自从人类诞生以来，地震一直在危害和威胁着人类。现在，由于您，使这种危害和威胁有了结束的可能，这真是一件值得庆幸的事。

先生也许知道，日本是一个地震频发的国度，日本国民受尽了地震的折磨，地震经常给我国国民造成极大的生命和财产损失。因此，我十分迫切地请求您能在百忙之中抽暇来日本一趟，帮助我国的地震监测部门，对日本国土地下岩石和岩层的变化情况做一次观察，以对可能发生的地震做出预报。如果先生能够答应我的请求，我将十分高兴。我们将以国宾的规格来接待您，给您提供万无一失的人身安全保护，并付您一笔巨额报酬。

我殷切地希望能早日得到您的应允……

——你愿意接受这个邀请吗？中年妇女微笑着问。

——我知道日本经常发生地震，如果我能为日本人民防震抗震尽点力，我将十分高兴。世和认真地斟酌着字句。

——很好。外交部领导也希望你能接受这一邀请，这不仅涉及两国关系，重要的是，减少地震危害是我们全人类的任务。

——我明白。

——我们将很快为你赴日做出安排。你对我们还有什么要求？

——请把这件事告诉我的直接领导。

——我们会的。请接受我们的谢意。

世和默望着他们走下楼梯。这一刹那，他记起过去看过的日本地图，他脑海里浮出了那个由许多岛屿组成的国家。日本国，我就要见到你了吗？……

争吵是临去机场前爆发的。

世和这些天总吃住在研究所不回家原本就使金娜窝火，但她一直忍着没有让火气喷发。她知道要想说服丈夫利用他的奇特视力挣钱，就不能硬着来。因此，当世和因去日本而回家拿衣物用品时，金娜甚至还微笑着上前帮助整理箱子。行装整理好后，金娜柔声说：“这次你去日本，有一点你要把握住，就是到了那里要先同对方讲定酬金。一个模特出场表演还要预先讲定酬金哩，何况你是科学研究人员，是去帮助他们预防地震！你这也是出卖劳力和智力，要报酬是合理的，不要不好意思……”世和先是默默地听着，后来见金娜提出了具体的数字让他衡量，便有些心烦，就说:“人没有钱不行，总说钱也让人乏味，亏你还是搞研究出身的！”这话的挖苦意味太浓了，一向自尊要强的金娜如何受得了？原先窝在心里的那股火气被这股怒气一撞，霎时爆响了。只见她手指着世和叫道：“张世和，你有什么了不起，跟我这样说话？这个三口之家没有钱能过日子吗？我跟你结婚这么多年，你什么时候有本领不让我操心钱了？你每月的那点破工资够干什么？不靠我爸妈接济，我们连现在这样的日子都过不上！你当初向我求婚时是怎么说的：‘我要让你一辈子享福！’可你让我享了什么福？当别的男人领着夫人去夏威夷度假时，你只能把我领到北戴河的沙滩上；当别的男人领着夫人在伦敦 22 世纪商厦购买穿两天增寿一天的宇宙衫时，你只能把我领进西单的亚细亚商店买机织棉布；当别的男人领着夫人去新加坡做全脸皮肤柔嫩手术时，你只能给我买一盒润肤霜外加一瓶香水；当别的男人让夫人坐凯迪拉克豪华车时，你只能让我坐一辆破富康……”

“又来了，又来了！”世和的眉头皱了起来。

“什么叫又来了？你当初去我们家求婚时可是一趟又一趟地跑，不嫌自己又来了……”回忆起往事金娜伤心委屈以至于哽咽得说不出话了。那个时候，中国商贸部部长的千金小姐金娜的美貌吸引了多少男人的目光，曾让多少男人魂牵梦萦。她在众多的求爱者中最终选定了年轻军官张世和，是因为他当时表现得最为温文尔雅和殷勤恭顺，而且他的求婚誓词也最让人感动：我要让你一辈子享福！可如今才13个年头过去，他的温文尔雅和殷勤恭顺全已飞走，动不动就惹她生气，而且把操持家务的担子全扔给了她！她享了什么福……

“好了，好了！我马上要去机场，别哭了。你和小艺多保重！阿茜，快给金娜拿毛巾来！”世和朝女佣挥手的时候看见女儿小艺放学回来。

“怎么？二位又在战斗？”小艺进门一看那气氛和妈妈红红的双眼就准确地做出了判断。

“张世和，我和你已经过不下去了！”金娜没理会女儿的话，仍冲着丈夫叫，“我们正式离婚，你当你高尚的研究员，我过我卑俗的尘世生活，我们最好现在就拟一个离婚协议！”

“我为你们感到脸红！”小艺生气地噘起嘴唇，扔下这句话就进了自己的屋子。

世和没敢再说话，他担心万一说错什么又会引来金娜的哭诉。他也知道脾气执拗的金娜在火头上什么都敢做，万一和她僵持下去她打电话叫来那些专想拆散别人婚姻的律师就更麻烦，就会把家里的这点不和这点隐私捅到社会上去。他决定退却，三十六计，走为上策。他趁金娜伏桌抽泣的当儿悄悄提上箱子来到外间，附耳对男仆阿南交代一番，让他去劝慰女主人，又专门去阿南的背上把他的性情要求旋钮调到了“温柔”一格，这才放轻了脚步向院门走。

外边的大街上阳光灿烂，他舒了一口气。他看见韩流和几名士兵就坐在院门外的那辆警卫车里，便也拉开车门坐了上去。“机场！”他对韩流说。先去机场吧，到那儿看一阵报纸也比在家里与金娜争吵好！小艺，原谅爸爸没跟你告别。我很快就会回来，你要照顾好妈妈，别为我们感到脸红，每个家庭都会有争吵，从不争执、从无口角、一生和美的夫妇在世上很少，你长大了就会懂得的……

当飞机腾入高空开始和云絮嬉戏之后世和才发现，原来飞机上除了他和韩流他们几个内卫部队的便衣之外，就是日本方面派来迎接他的两名负责地震观测的官员，此外再无别的乘客。“专机！这是我国政府专门派来迎接你的。”那位名叫小江文二的日本官员看出了世和的诧异。

“这倒不必，其实坐普通的班机就行。”世

和心里有些不安。他边说边揉了揉两个小腿肚，他最近两天忽然觉得两个小腿肚酸得厉害，坐在那里也感到两腿不太好受。

“这是应该的。”小江文二说着在世和面前摊开了一张地图，“我想先向张先生介绍一下我们日本国的有关情况。按照世界地震学界根据1961年至1967年的2.9万次震中的分布所做的结论，大多数地震发生在三个轮廓明显的地带，即环太平洋带、地中海—喜马拉雅带以及大洋中脊和大陆裂谷带。我们日本国就位于环太平洋地震带上。这儿既有浅源地震，也有中源地震和深源地震，仅仅在20世纪，我国就发生过……”

小江文二的介绍一直持续到飞机在成田机场降落。世和因为惦记着国内尚未有结果的研究，想尽快完成在日本的工作，因此一下飞机就要开始计划中的环日本列岛对地下观察。小江文二见状只好取消原已安排好的欢迎酒会，命令载着世和一行人的车队向预定的观察地点开进。

第一个观察地是津轻半岛。一连两天，世和一直边走边对该地地下的岩石和岩层进行察看。这儿的地下岩层和国内的地下岩层相比，有许多不一样的地方，但并未发现有错裂、断裂的现象。而且岩层下的岩浆流动有序，一切都显得十分平静。当世和把“此地近期内不会发生地震”的看法告诉了小江文二之后，小江文二松了一口气道：“这下我们就放心了，我们原来把这个地方作为重点防范对象，把大批的地震监控人员和仪器部署在这一地区，已经花去了大量钱财和精力。从现在起，我们起码可以休息一些日子了。”

这之后，世和又依次到了北海道岛、东京、

大阪、福山这几个地震发生比较频繁的地区一一观察了地下岩石和岩层的状况。还好，这些地方的地下暂时都还是一派安宁的景象，短期内都没有发生地震的可能。这个结果使小江文二异常高兴："这么说我们可以在一段时期里放心地关注经济，拓展市场，而不必担心地震来找麻烦了。"欢喜中的小江文二立刻建议说，"为了对你表示慰劳之意，今晚我们赶到福冈市住宿，我让福冈市安排了一场日本传统歌舞表演，你可以看个新鲜。我们在福冈市没有工作，那个地方从未发生过地震，是全日本最保险的地方，我们到那里只是为了歇息……"

世和一行抵达福冈已是日落时分，连日的劳累使世和原本就酸的两个小腿肚越发酸沉，加上市区里飘着的一种轻微的气味也令他难受，他实在没有去看艺伎表演的心情，但为了不拂小江文二的好意，他还是在饭后坐车随小江文二去了剧场。剧场布置得豪华而具有典型的日本味，一种新奇感使世和来了兴趣，他开始兴致盎然地去看舞台上的表演。他平时不论在哪里落座都是目光平视，因为一低头就会看见地下那乏味的土层、水、岩石、岩层和岩浆。今晚他更是如此，目光从未向脚下的地面上落过，直到演出进行到剧场休息的时候，他为了捶捶酸软的两个小腿肚才让目光向地上落去。就是这一落让他吃了一惊：他清楚地看见正对脚下的岩层裂开了一道缝，裂开的断面有几十千米宽。他担心自己是眼看花了，忙假装去卫生间到了剧场外边，在剧场外他蹲到地上仔细地向下看去：没有看错！地下的岩层的确是裂开了，而且造成岩层断裂的能量像是已经释放完毕，断裂已经停止，接下来该是岩层的弹性回跳了。不好，这座城市就要发生地震！他这时才猛然想起，他一进福冈市就闻到的那股令他感到难受的气味，当初在渭河大地震前也闻到过，那是地下岩层裂开后释放出的怪味。糟糕！世和霎时出了一身冷汗。他急忙起身向剧场里冲去。剧场里这时已响起了重新开演的铃声，观众又都回到了座位上。他快步走到小江文二身边，向他俯下身去。小江文二先是以为世和要向他谈看表演的感受，笑容可掬地伸过了耳朵：“请立刻向全城居民发警报,这儿不久就要发生地震！”

“什么？”小江文二惊得霍然立起，脸上的笑容顷刻间被惊慌淹没。

“请立刻通知全城居民撤出建筑物，这儿的演出也必须立刻终止！”

长期从事地震测报的小江文二很快就从惊慌中镇静了下来。他迅速招来两个助手向他们低声交代了几句什么，而后飞步向舞台上跑去。已重新上场的演员见小江文二跑上舞台顿时愣住了。小江文二没有理会演员们的惊愕，抓住台上的麦克风就高声宣布：“演出到此结束，请观众朋友们立刻分散沿各个通道撤出剧场，到外边的空地上站着。可能要发生地震，但请不要惊慌，我们还有时间！”

观众们闻言轰的一下站起向场外跑去。几乎在这同时，城区的四面八方都响起了尖厉的警报声。到底是多震之国，不仅预警系统灵敏，而且居民们的防震意识很强，听到警报声纷纷跑出建筑物站在了空地上。电和煤气也迅速切断了，原本喧闹的城市转瞬间屏息了。

世和蹲在离剧场不远的一片空地上，双眼一眨不眨地盯着地下，盯着错裂开了的岩层。

“怎么样？”小江文二在世和的身边蹲下问。

“我想不用很久就可能发生——”话到这儿他突然噤口，随即叫了一声，“不好——”

差不多在世和这声“不好”叫出的同时，大地突然剧烈地抖动了一下，随即四周便响起了楼房倒塌的声响。世和这是第一次在市中心感受地震，房屋一齐倒塌时的那种声响真是骇人。

但是没有受伤后发出的哭喊声，随风飘过来的，只是几声叹息。

在这一刹那，世和一边抹着额头上的汗水一边在心里庆幸：幸亏在演出休息时自己向地下看了一眼，要不然……

他不敢让自己想下去。

“谢谢你，张世和先生，是你挽救了全城人的生命！”小江文二紧紧地抓住世和的手摇着，“我们一直以为这儿是全日本最安全、最不会发生地震的地方，没想到危险就在眼前。倘不是你，这会儿城里将满是哭喊和呻吟声……”

震后的福冈城的形貌是伴随着渐亮的晨光慢慢出现在人们眼前的：成片成片的房屋倒塌，到处是残垣断壁。统计结果也是在这个时分汇集起来的：全城没有伤亡一个人；没有发生一起火灾。

“奇迹，真是奇迹！”小江文二边用望远镜观察着震后的市区边发着感叹，“只要人们都活着，我们重建这座城市就会变得很容易！”

从广播中听说了准确预报这次地震的是一个叫张世和的中国人的消息之后，人们开始从四面八方向世和和小江文二一行人所停的地方围拢过来。那会儿世和正仰躺在汽车的座椅上酣睡。一整夜对地下的观察差不多耗尽了他原本就疲劳的身体里的所有力气，在得知震区的人们都安然无恙之后，他安心地进入了梦乡。

小江文二用手势告诉了围拢过来的人们世和正在睡觉。人们立刻自动停止了说话并纷纷在原地坐下，只把感激和尊敬的目光投向睡着世和的汽车。朝阳这时开始缓缓踱出自己的寝宫，满脸惊诧地注视着虽遭震灾却平静安详的福冈城，它分明也在讶异：人们什么时候学会了在地震面前保持平心静气？

世和一觉睡醒睁开眼已是日上三竿时分，他隔着车窗看见汽车四周全是静坐的人后不免吃了一惊：“出什么事了？”他疑疑惑惑地走下汽车时，静坐的人们呼啦啦全都站起向他鞠躬。他这才有些明白，急忙鞠躬还礼。这时，几个姑娘把一条用几件鲜艳的衬衣连在一起的横幅恭恭敬敬地献到他的手上。他看见那横幅上写着一行汉字：感谢你，善心的中国朋友！便忙用汉语说道："这是我应该做的。"小江文二把他的话翻译成日语之后，人群中立刻响起了热烈的掌声……

那天的中午时分，准备离开福冈的世和一行人正要启程，忽见一架直升机在近处落地，一个中年男子在一群人的簇拥下向他快步走来。小江文二看见后急忙向世和说明："这是我们日本国的首相，他亲自来看望你。"

——首相阁下，你好！

——尊敬的张先生，我代表日本政府和全体国民，对你拯救几十万福冈市民的生命表示最诚挚的谢意！日本国民将会永远铭记你的这一功绩！

——首相阁下，减轻人类的苦难是我们每个人应尽的责任！

——此时此刻，我很想向你提一个希望，不知张先生是否允许？

——请讲。

——张先生想必知道，日本是个地震多发的国度，几乎每年都有地震发生。因此，我很希望张先生能长住日本，以使更多的日本人摆脱掉地震对他们生命的威胁。如果你答应，我将立刻命人为你建造一处宫殿式的府邸，我们将把你的夫人和女儿接来，将为你和你的家人提供最好、最舒适的生活保障，我们将给你世界上最高的年薪。

——十分感谢首相阁下的盛情挽留。但你知

道，我的祖国有时也发生地震，我作为一个中国人，更不应该忘掉地震对我的同胞生命的威胁！我虽不同意居留在日本，但我会常来，我会全心全意地帮助你们准确地预报地震！

——很好！我完全理解张先生的想法。和你的想法相比,我刚才提出的希望显得有些自私了，我只考虑到了日本一国的国民。请允许我收回我刚才所说的那个希望。

——谢谢首相阁下对我的理解。

——那么现在该我来履行我当初答应你的条件了。

——条件？世和一愣。

——是呀，当初我在致你的信中不是说，我要付给你一笔报酬吗？河野川平先生，请把支票交给张先生。那是30亿日元，是我们全体日本国民的一点心意。先生回国后可以随时在日本银行驻北京的分行里兑换成现钞。

30亿日元？世和听到这个数字的一刹那分明感到有一缕惊喜在脑中一闪，这一下不就彻底解决了家里的经济问题吗？不就满足了金娜所有的那些希冀吗？从今以后，金娜不是再也不会为金钱跟自己闹别扭了？收下！收下这笔钱是应该的！是他们主动提出要给的，你收下既合理合法又合乎情，不要犹豫！他感到一句“那好，我就收下了”的话就要脱口而出。但另一个念头又像鸟一样地飞进了他的脑子里：我收下了这笔钱，我就失去了索要另一件东西的权利——这些天在日本国土上的巡行，使世和清楚地看到，日本各地都有人在主张用战争解决同韩国的经济纠纷。日本在20世纪三四十年代，曾有过向邻国发动侵略战争的先例，现在日本国内的一部分人的战争叫嚣，会不会再引发像20世纪那样的战争灾难？也正是因为有这种忧虑，世和原准备在工作结束后向日本国索要一件东西，而现在倘是要了这30亿日元，就不好再张嘴索要那件东西了！怎么办？世和在飞快地权衡之后做出了决定，只听他轻声说道："谢谢首相阁下的美意。钱我不需要，我的衣食住行在中国都有保障。请把这30亿日元用到重建福冈上吧。"

——张先生，不能让我享受一下履行诺言的快乐吗？！

——既然首相阁下一定要给我报酬，那我就开口了，不过我不要钱，我要一件东西！

——一件东西？

——就是一纸保证。

——保证？

——对！今年是 2045 年，首相阁下一定知道，一百年前的这一年，日本在无条件投降书上签了字，从而结束了自己发动的那场侵略战争。那场战争造成了 2000 多万中国人的死亡，这个数字相当于几十次强烈地震造成的伤亡人数。我们应该努力避免相似的悲剧在这个世纪重演。我这些天在日本走动，又感受到一种企望用战争解决经济纠纷的气氛，这让我十分忧心。我们活在地球上的人本来就已经活得十分艰难，既要承受水灾、旱灾、风灾、火灾的袭击，又要承受地震的祸害，我们人类之间为什么还要再用战争来互相折磨？因此，我想向首相阁下要一个保证，一个以日本国名义做出的保证，保证今后永远不发动侵略别国的战争！

——哦？这……

——是不是让首相阁下为难了？

——我理解你的心情，也理解你的忧虑……只是……我个人完全愿意满足你的要求，但这需要通过议会……需要给我一点时间，然后我再给你答复，可以吗？

——当然。

——我将竭尽全力使你满意……

第六章

路透社福冈7月28日电：中国军界视力奇人张世和在日本又一次准确地预报了福冈大地震，从而使人口密集的福冈市在7.9级强震中无一人伤亡。这件事再次引起世人对张世和的关注。据悉，已有许多国家恳求中国出售可使人视力发生畸变的高科技食品……

法新社7月29日电：中国军人张世和以自己独特的视力预报了福冈地震后，拒绝日本首相亲自赠送的30亿日元巨款，而只要求日本正式做出承诺：永远不对别国发动侵略战争。可能是张世和拯救福冈市民生命的举动感动了全体日本议员，日本参众两院昨天均一致通过做出这项承诺，并把这项承诺刻在了竖在东京皇宫前的一座花岗岩石碑上。今天早晨，张世和在绚丽的霞光里来到皇宫前，亲手抚摸了一遍碑文后方去机场乘机返国……

世和走出北京国际机场时，星期五的阳光正准备溜走，一些性急的霓虹灯已开始兴奋地闪烁了。他看见女儿小艺挥舞着一束鲜花向他跑来，急忙张开了双臂。他在把小艺揽到怀里的时候，俯耳笑问小艺："你妈妈在家里吧？"不知是不是人声嘈杂小艺没听清楚，小艺只是拉着他的手向研究所派来接机的车前走。

"爸爸，日本好吗？"当轿车启动时小艺问。

"好，那里有高大雄伟的富士山，有美丽大方的绿雉鸟，有万顷碧波的琵琶湖，有……"

"爸，那你给我带了什么纪念品？"

"看看这个！"世和从衣袋里摸出了一个晶

亮的玻璃球放到女儿手里。

“这是什么？”

“这是日本大阪一个民间艺人送我的礼物。你仔细看看玻璃球的里边，那儿嵌着四个手拉手的人。那四个人的肤色分别是黄色、白色、黑色和棕色。”

“是的，爸爸，这四个小人手拉着手。这礼物有什么含义吗？”

“我也在猜，你先帮爸爸想想。”

“我想——”小艺皱了眉想了一会儿，“那个民间艺人可能想通过这个礼物告诉你，地球上各种肤色的人应该手拉手成为朋友。”

“嗯，我的小艺很聪明，和我猜的意思有点相似。”

“你猜的是什么？”

“我猜那老艺人是在告诉我们，生活在地球上的人休戚与共，应该和平相待，成为朋友……”

父女俩对那玻璃球含义的讨论一直持续到家门口，下了车小艺拉着爸爸的手向家里走时，情绪突然低落下来，声音低沉地说道：“爸爸，在你进屋之前，有两件事我必须先告诉你：第一，妈妈已正式决定同你离婚，她已从家里搬走了她的所有东西。她现在在香港，听说不久要去美国做生意。第二，妈妈委托的律师听说你今天傍晚到家，正坐在家中的客厅里等你。”

“哦？”世和的身上骤然一冷，因回到北京心里而起的那点欢欣顷刻间消失得无影无踪。

“爸爸，你要经受得住。我不站在你们两个人中的任何一边，不对你们之间的矛盾做评判，但我会同你住在一起，我会努力争取尽快学会独

立生活。”

“好的，孩子。”世和弱了声回答，顷刻间觉得这些天一直紧随着他的那股疲劳，猛然变重压得他直想往地上蹲。

“爸爸，你一定要想开，在这个离婚率越来越高的社会里，我们，包括我这样的孩子，都应该学会平静地面对这种变故……”

世和默默地听着女儿的劝慰，他没再说话，只是沉重地移步向门口走。推开门时，果然看见客厅的沙发上坐着一个微胖的中年男人。那男子见世和进屋，急忙站起说道：“是张先生吧？我是西城第九律师事务所的姜一成律师，我受金娜女士的委托，来同你协商她和你离婚的有关事宜。很抱歉，你外出刚到家我就向你报告这样的消息，希望你能够谅解……”

世和自始至终没有说话，一直坐在那里垂首听着，其实他连律师说的什么也没听清，他只感觉到了一种深入骨髓的累和空，他很想闭上眼睛立刻沉入昏睡中。他糊里糊涂地在那律师摊开的表上签了名字，而后将律师送出门去。律师走后他便拉开被子躺到了床上，一种莫名的委屈和空虚使得他再也没有干任何事的兴趣。他感觉到女儿走进来替他关上了灯，还给他掖了掖被子。噢，金娜，你竟这样绝情，仅仅为了钱你就真要把我一脚踢开！钱，你这个杂种，我相信我会挣到你！金娜，我要让你后悔！我要挣来许多许多钱，我要让你终生为你的离婚决定后悔！你是为了钱和我离婚的，我就让你为钱而痛悔不已！我要成为富翁！我有条件成为中国的头号富翁！金娜，你等着瞧……

“高能食品粒与视力异变”的课题研究仍无新的进展。世和的助手们在对高能食品粒进行各种强度的震动后并没有获得新的东西。

一切都让人心烦！

世和白天在研究所里，忙碌还能把心里的那股烦躁压制住；晚上回到家中，那股烦躁就拱得他心里特别难受。这天晚上，他正烦躁地心不在焉地胡乱翻着一本书，家用电脑上的呼叫信号突然嘀嘀嘀地响了。小艺听见响声，最先跑过去打开了电脑屏幕，屏幕上立刻出现了一句英文：请问这儿是张世和先生的家吗？

是的！小艺在键盘上敲出了答复后，屏幕上旋即出现了一幅地图。小艺凝目辨认了片刻，但她的英文知识还不能让她立刻弄明白这是什么地方的地图，她只得扭头向餐厅喊：“爸爸，你来看！”

这是美国加利福尼亚州的地图。世和一边看着屏幕一边敲击键盘，屏幕上即刻显出了英文字句：尊敬的张世和先生，我是比奇，美国加利福尼亚州地震灾难预防处的办事人员，我通过在北京的朋友查到了你的电脑代号，我刚才让你看的就是我所在州的地图。我之所以和你联系并让你看一下加利福尼亚州的地图，是为了告诉你，我所在的这个州近期很可能要发生地震。我这样说是因为我有一只名叫本塞的猫，这只猫在上次的洛杉矶轻微地震前七天，曾不停地在室内奔逃哀叫；而最近，它又出现了这样的情况。可州里正规的地震预测机构并没有发现地下有什么异常。因此，我想请你，一个具有一眼看穿地底能力的人，能尽快来加利福尼亚州一趟，帮助我们看一下这儿的地下岩层情况。如果你能答应，我和加利福尼亚州的全体居民将会对你满怀感激，我将立刻上报美利坚合众国的有关部门，尽快安排你的来美事宜。现在，我就坐在我的电脑屏幕前，殷切地期待着你的答复。

一只猫？仅仅因为一只猫的反常就要让我去你们美国？世和有些生气地伸手便要关机，但在手伸向开关的一刹那，他又猛地让手指停住。

这倒是一个挣钱的机会！

金娜不是因为嫌你不会挣钱而离开你的吗？那么好吧，就抓住这个挣钱的机会！

他的手转而伸向键盘，迅速地敲出了一行字：尊敬的比奇先生，我同意去贵国一趟，但依据惯例，我想先知道我此行的报酬数额。

屏幕上迅速显出了比奇的回复：报酬当然是

应该给的，我将竭尽全力到我国政府为你多争取，请在一小时后查收我的回答。

一小时后，电脑屏幕上出现了一串文字：我国国务院已经同意，你一踏上美国的国土，就支付你500万美元的报酬。你同意吗？

500万美元？世和冷冷地笑了一下。金娜，你知道吗，我的出场费是500万美元！好，就为了这笔钱去美国一趟。

他迅速地在键盘上敲出了两个字：同意！

飞机在太平洋上空平稳飞行，世和双眼望着渐被黑暗充满的夜空，思绪却还在自己的实验室里：什么时候才能弄清视力异变的奥秘？唉，上帝，你只给我一个结果，却不让我知道造成这种结果的原因，你这不是在存心难为我们吗？

“张先生，到美国的飞行时间还很长，你可以躺下睡一阵。”这些日子一直在随行执行保卫任务的韩流此刻走进舱里说。世和点点头，顷刻间又感觉到了自己的双腿仍浸在酸疼之中。这种酸疼为什么总是挥之不去不见消失？莫不是因为得了什么病？……

飞机在洛杉矶机场降落的时候，美国国家地震局局长赫斯伯格和加利福尼亚州那位名叫比奇的官员都迎候在机场上。已届中年的比奇紧紧拥抱住世和说：“谢谢你能答应一个异国陌生人的请求来到美国，我和全体加利福尼亚州的居民都将把你看成最好的朋友！”

比奇说完欢迎的话后就从皮包里摸出一个信封：“这是你来美国短期工作的报酬，500 万美元，请你过目！我们说好在你一踏上美国国土时就支付的。”

世和的脸立刻红了，他还没有未干什么就先要报酬的习惯。他摆了摆手说：“先放你那里，待我工作结束后再给我吧。”

“也好,怎么做都可以。”比奇笑着收起支票。

世和到宾馆后谢绝了赫斯伯格要举行正式欢迎宴会的好意，只是匆匆吃了点东西就登车前去观察——他知道倘真要有地震，提前一分钟就会救出许多生命。

对地下的观察是从洛杉矶市四周开始的，由于世和对地下一眼就看得清楚无比，所以进展很快。在洛杉矶、帕萨迪纳、里弗赛德、圣迭戈没有发现地震迹象之后，世和在赫斯伯格和比奇的陪同下，又向圣何塞方向驶去。

“但愿这只是一场虚惊。”比奇望着车窗外

向后退去的景物含了笑说，“倘若真是这样，你不会生我的气吧？”他转向世和问。

“当然，不发生地震总比发生地震好。”世和让车开得慢些，双眼一直望着车窗外的地面，他的目光像探照灯一样在地下岩层上巡查。

“糟糕！”比奇突然紧张地叫，“你们看！”他指指车窗外的后视镜，“紧跟在我们后边的这辆旧福特车上的人好像手里拿着枪！但愿他们不是劫匪。司机，请加快车速，别让它超过我们！”

“不，不能加速，我要看仔细点！”世和也突然紧张地叫，“我看到了一道裂缝，一道不很宽的岩层裂缝！最好把车停一下，我需要站在地上仔细观察！”

比奇小心地看了看紧跟在后边的那辆旧福特，只得让车停下。他们的车刚一停下，那辆旧福特就越过他们的车在前边“刺啦”一声也停在了路中间，随之，从车里跳出了四个手端冲锋枪的彪形大汉，大家这时才知道真的遇到了劫匪。坐在世和旁边的韩流第一个做出了反应，“嗖”一下从怀里摸出了激光手枪。

——下车，都立刻给我下车！持枪的一个歹徒大声命令。

——不要贸然反击！坐在前座的比奇压低了声音对身后的韩流交代：“这都是些亡命徒，什么事都可能做出来！我们要用一切办法换取安全。”

世和身为军人，看见那几个持枪的家伙并未紧张，下车后仍聚精会神地去看地下岩层上他刚发现的那道小裂缝。不想那伙歹徒中的一个见世和双眼在地上寻觅，以为他要找什么反击的武器，

“嗒嗒嗒”就把一梭子子弹打到了世和脚边。

——请不要伤害我们！比奇急忙用身子拦挡着世和。我们只是从事地震预报的科学工作人员，请问你们需要我们做什么？

——向远处走，走！我们需要和你们换换车！走,走得离公路越远越好！一个歹徒大声吼。

——我们一定服从你们的命令，请不要开枪！比奇边说边示意大伙快步向路边的野地里走。同时低声交代世和、韩流他们：“不要回头，不要有任何反抗的表示，走得越快越远越好！”

差不多在身后的公路上传来轿车驶走的声音的同时，世和也猛地停下了脚步，蹲下身对着脚下的地面仔细看了起来。

“他们走了！”比奇回头朝公路上看了一眼后松口气说，“真对不起，让你们受惊了。我们美国的治安状况实在不能令人满意。”他边说边从衣袋里摸出一个微型移动电话喊道，“圣何塞警察局值班员，我是比奇，州地震预防处的，我和我的朋友们在贵市西南27千米处被一伙劫匪劫走轿车三辆，其中两辆是……”

“请通知你们的预警部门！”世和突然打断了比奇向警察局的报告，“请他们立即向下列城市发出地震警报：圣何塞、奥克兰、圣弗朗西斯科、伯克利，还有萨克拉门托！”

“你是说真有地震？”比奇吃惊地抓住了世和的手。

“是的！”世和指着脚下的土地，“我刚才在汽车上没能看得很清楚，这道地下岩层的错裂细缝连着一道更宽的裂缝，看见了吗？这条错裂缝一直延伸到海里，可怕的大错裂处就在离海岸不太远的地方，在水下。地震马上就会发生，也许用不了几个小时，而且震动的强度将会很大，可能要影响到整个西海岸人的生活。受到严重破坏的将是我刚才说到的那几个城市，会有楼房倒塌、地面裂缝和海啸现象发生。”

“人员全部撤离建筑物？”比奇紧张地看着世和。

“是的，而且要向高处躲，防止海水上岸拉人！”

“我们两个同时报告！”赫斯伯格局长也拿出了自己的微型移动电话，“你向州长报告，我向总统报告！”

——州长，我是比奇……

——总统，我是赫斯伯格……

当无数的圣何塞市市民在紧急警报声里开始有条不紊地向海岸高地上撤时，世和和赫斯伯格、比奇也向离公路不远的一栋楼房走去。那是一座三层小楼，世和看得很清楚，这座楼房刚好坐落在一道地壳裂缝上，那道裂缝正在缓慢而持续地变宽。也许要不了多长时间，这座楼房和它下边的厚土就会下陷。

——请问这家的主人在吗？比奇向栅栏门前的黑人女仆问。

——我在这儿！二层的阳台上应声出现了一个金发少妇。

——你没有听到撤离房屋的警报吗？为什么不赶快离开建筑物？

——我不想被人愚弄！这么好的天气，怎么可能会发生地震？那少妇指了指湛蓝的天空。

——请你相信我们的预报！我们特意请来了中国的视力奇人张先生，他的双眼能看透地底，他知道地下的岩层正在发生会导致地震的变化！比奇边说边指了指身边的世和。

——他？中国人？那少妇把鄙夷的目光罩在世和身上。我读过关于中国的书，知道中国有一些骗人的神汉，他们想尽办法把自己打扮成具有神秘力量的人物，其实他们什么也不懂！

——请你和你的家人赶紧离开这栋房屋！世和冷冷地用英文说道。

——我讨厌别人给我下命令！我更不会去听一个中国神汉的话。我不明白堂堂的美国地震学界为什么不去搞科学测报，却请来一个中国神汉来捉弄人。你可以回中国去向你的国人发命令，但在这儿不行！这儿是美利坚合众国——

——比奇先生，我们必须强制她离开房屋！世和不再理会那少妇，扭头对比奇说道。

——可按照法律，我们在未得到她的许可之前，是不能进入她家的！比奇满脸犹豫。

——韩流，跟我来！世和焦躁地看了一眼地下的地壳裂缝之后，朝站在身旁的韩流一挥手，快步向院里奔去。

——你们不能进去！站在栅栏门前的黑人女仆张臂阻拦，被世和一把推开。

——你们竟敢强行进入我的私宅！金发少妇站在阳台上愤怒地叫道，我要控告你们！这是美利坚合众国，我要立刻报警——她的话还未说完，世和已冲上楼奔到了她的身子后边，一把拉住她的手腕就往楼下拖。

——放开我，你这个“中国猪”！你竟敢对

我无礼，我决不离开我的房间，绝不！她猛地扑上前朝世和的脸上抓了一把。借世和松手的机会，她跑到床前用双手护住了她的两个婴儿："不许过来！"

世和清楚地看见，地下的地壳裂缝在迅速增大，地面塌陷很快就可能发生。他一边对韩流叫道："快抱了孩子出去！"边伸出拳头突然朝金发少妇的太阳穴上一击。金发少妇在这突然而沉重的一击下只叫了一个字"你——"便失去了知觉。世和急忙伸手抱住就要倒地的少妇，紧跟在抱着两个婴儿的韩流身后飞步向楼下跑去。

"天哪！"站在院门外的比奇和赫斯伯格吃了一惊。

"快把女仆拉上向远处跑！"世和抱着那昏过去的金发少妇气喘吁吁地对比奇喊。比奇和赫斯伯格虽然相信世和关于地震就要发生的话，但对地下的危险变化并不是很清楚，两个人犹犹豫豫地上前扯住那狂烈挣扎的黑人女仆，跟在世和、韩流身后向远处走。一伙人刚在一处小高地上站下，大地陡然一抖，众人扭头看时，只见金发少妇的住宅那里的土地裂开了一道大裂缝，一股泥沙从裂缝里喷出，那栋三层楼房正摇摇晃晃地向裂缝里陷。

“哦！”正在哭闹的黑人女仆这时猛地停住惊叫一声，两眼骇然地望着正在坍塌沉陷的楼房。

世和用手按了按那金发少妇的苏醒穴位，待她眨眨眼清醒过来后，指了指不远处正在解体沉入裂缝的楼房说：“看看吧，你！”

满怀敌意的少妇在短时间的愣怔之后，震惊地看着那个惨景。她的嘴张得很大，似乎想把无尽的意外和恐惧喊出来，但终于没能发出声音。

“好险呀！”比奇轻轻地叹了一句。

大地在比奇的叹息声里又一次强烈地抖动了一下身躯。圣何塞市大片的高楼像小孩所堆的积木一样轰然坍塌；几十丈高的海水像一群疯狗一样向岸上扑来，抓住一切可能抓住的东西后又倏然缩回海里……

“啊——”金发少妇终于叫出了一声。她慢慢转过身子，先是对着世和看了一会儿，随后猛然扑到他的怀里，双手抱住他的脖子一边亲吻他的双颊一边颤声说：“谢谢你，我的中国朋友！是你救了我们一家，请原谅我当初的无礼……我叫姬丝,请告诉我你的名字,我要把它永远记住！永远——”

“张先生！”手握移动电话的赫斯伯格这时

从一旁跑过来打断了姬丝的话，“我刚刚收到奥克兰、圣弗朗西斯科和伯克利三市地震测防处的报告，他们那里虽然也有房屋倒塌和海啸现象发生，但都未发现人员伤亡。这全归功于你的提前预报。总统刚才打电话来，他说他要给你 2000 万美元奖金，以感谢你对美国人的真诚帮助！”

2000 万美元，金娜！这个数字你听了之后有什么感想？世和决定把这个数字立刻告诉金娜：金娜，你不是喜欢钱吗？我要让你因为离开我而终生后悔！他伸手从韩流手上拿过移动电话，离开人群几步拨通了北京家里：“小艺，你好吗？我想知道你妈妈在香港的电话号码，我要和她通话……”

但拨通金娜在香港的电话之后才知道，她不在香港，她为一桩生意已来美国。你来美国更好，我可以当面告诉你2000万美元的数字！他询问金娜来美国的哪个城市，有没有她的电话号码，对方的回答夹了浓重的睡意，可那含混的回答却令世和身子一悸："圣何塞市，她昨天傍晚飞去的，电话号码还不知道……"

天哪！

你怎么会飞到了这座城里！

…………

世和放下电话就急忙对赫斯伯格和比奇说："我有一个朋友昨天来到了圣何塞市，不知她现在是否已撤离到了安全的地方。我希望你们能帮助查找一下。"赫斯伯格和比奇听罢立刻表示这事好办，马上让广播电台广播找人，让电视台播放寻人广告。因为电台和电视台都是在得到世和的预报后有准备地撤出的，所以目前都能正常工作。半小时之后，圣何塞市的广播电台就中断了正常节目开始用华语广播：从中国香港来的金娜女士，你现在撤离到了什么地方，请立刻与我们电台联系，你的朋友急切地想见到你……

40 分钟之后，汽车上安装的微型电视机屏幕上就出现了中、英文的广告：中国香港的金娜女士，你现在何处？请尽快与我们电视台联系，我们的电话号码是……

电台、电视台的寻人广告播出四小时之后，仍无一点儿金娜的消息，这使世和焦急起来。一种对金娜是否平安的担忧充满心头。他请比奇通过美国国内计算机网络查询美国各城市的主要旅馆、饭店，看金娜昨晚是否临时又去了别的城市。但查询的结果令世和愈加慌张：除圣何塞市的计算机网络遭地震破坏无法查询外，其他各城市的主要旅馆、饭店昨晚都没有接待过一个名叫金娜的中国女士。现在只有一个解释：金娜昨晚飞来了圣何塞市，但她现在没有撤离到安全的地方。

金娜，你现在在哪里？

赫斯伯格和比奇见世和为此事焦急，也急忙通过各种渠道查找金娜的下落。无奈圣何塞市已经是一片瓦砾，旅馆、饭店的登记表格多已被毁，上哪里去找？

赫斯伯格和比奇一直忙活到第二天中午，也没有得到任何有关金娜的消息。金娜所在的香港金丰商行听说美国圣何塞市发生了地震，急忙委托中国驻美使馆来查找金娜的下落，可大使馆往哪里找？

绝望之中，世和想起了最后一个办法：悬赏

寻人。他让赫斯伯格和比奇把他带到圣何塞市电视台的临时演播室里，他面对着电视摄像机说：我有一个女性朋友名叫金娜，昨晚来到了圣何塞市，现在不知她的下落。如果有人能找到她的下落，不管生死，他都会得到2000万美元的酬谢！

赫斯伯格和比奇几乎同时吃惊地看着他。他们知道这是总统给世和的奖金的全部，为了寻找一个女性朋友，值得出如此高的赏金？

到底是重赏之下有勇夫，世和的悬赏广告一出，立刻有无数个圣何塞市民通过各种办法去查找金娜的下落。到第三天傍晚，消息终于来了：金娜在地震的当天住在圣何塞市的一家名叫玛丽亚娜的中档饭店的2018房间里。

世和闻讯立刻和比奇一起去了市区玛丽亚娜饭店，但饭店的主楼已经坍塌。饭店的经理在坍塌了的主楼前告诉世和：我们那天在接到地震预报之后，立刻拉响了撤离楼房的警铃，只要那刻她不沉入酣睡，她是应该有充足的时间撤出的……

世和望着饭店废墟心如刀绞：金娜，没想到你会在这里遇难,我当初应该坚决拦阻你去香港。这件事归根结底还是怨我，要是我早挣到了钱你就不会离家……

世和执意要让市区清理人员把金娜的遗体找出来。赫斯伯格和比奇从世和的悲伤神色上看出遇难者对于世和的重要，急忙叫来最好的抢救清理人员，对玛丽亚娜饭店的 2018 房间周围进行小心而仔细的清理。

谁也没有想到，在废墟中压了四夜三天的金娜还活着——强震把昏睡中的她一下子抛到了墙角，一根斜倒下来的钢筋混凝土柱子在墙角形成了一个狭小的安全空间，就是这个空间保住了金娜那脆弱的生命。

因饥饿、惊吓和失血而处于昏迷中的金娜，在被营救人员抱出废墟时只是微弱地哼了两声，她无力睁开眼睛，当然也就没有看见世和脸颊上那心疼和庆幸的泪水……

第七章

美联社12月14日消息：因准确预报圣何塞大地震而挽救了数百万美国人生命的中国军人张世和，昨晚在白宫受到总统的热情款待。当盛大的酒宴即将结束时，总统亲自把一枚镌刻有“我们感谢你”一行字的纯金奖章挂在了张世和的胸前。总统含笑说：我们很想请你永久地在美利坚合众国住下来，但我们知道，你应该属于整个世界……

《基督教科学箴言报》12月27日消息：今天，中国视力奇人张世和把美国政府给他的2000万美元奖金送交给为查找、救援他的女朋友金娜女士而出力的22名美国人。这22名美国人在得知张世和就是准确预报圣何塞大地震的人后，均表示不要这笔钱，但张先生执意把钱交到了他们手里。张先生的女朋友金娜女士今天也在送交现场，金娜女士是昨天才从华盛顿医院出院的，她的脸色看上去略显苍白，她自始至终紧挽着张先生的手。据她说：她在圣何塞地震发生前的那天下午住进玛丽亚娜饭店，因感冒不适服了带有催眠性质的药物后即在房间睡去。当饭店的警铃响起时她模模糊糊听见了，但并未辨清警铃的性质，便又继续沉入了昏睡，直至地震爆发而被埋入废墟里……

《华盛顿邮报》12 月 28 日消息：中国军人张世和今天上午 8 时乘飞机返国，10 多万美国人自发赶到机场欢送。这么多人自动到机场为一个外国军人送行，这在美国历史上是绝无仅有的，以至于政府不得不出动大批警察维持秩序。大约有5万束鲜花被抛到张世和乘坐的飞机四周，机场工作人员不得不出动铲车把鲜花铲走以便飞机滑离机位。张世和在走进飞机前，站在舷梯上向欢送的人群行了一个标准的中国军礼。在飞机关闭舱门就要启动时，一位名叫姬丝的美国少妇抱着一对双胞胎女儿冲过警察的警戒线奔到了飞机跟前。警察们开始以为她有什么不轨的图谋，随后才知道，她是坚持要和她全家的救命恩人张世和先生吻别。张先生见状又重新走下飞机，吻了她和她的两个女儿。当姬丝回吻张世和时，把激动的泪水涂满了张先生的双颊和额头……

小艺看见爸爸和妈妈手挽手走进门时多少吃了一惊：这好像是一年前才有的情景！她一时不知该怎样面对父母关系的新变化，竟站在那里忘了招呼一声。

“怎么，不欢迎我们从美国回来？”世和笑着上前拍了拍小艺惊怔的脸颊，“快给妈妈倒杯水来。”

小艺这才回过神，开始忙碌。一边倒水一边招呼阿茜洗菜，指挥阿南打开音响，一种欢快的气氛顿时在这个原本冷寂的家里弥漫。

这是一顿欢乐的晚餐，三个人都露出了消失许久的笑脸。连阿茜、阿南仿佛也受了这气氛的感染，笑得一脸灿烂。

晚饭就要结束时响起了门铃声，门开后才见是那位名叫姜一成的律师。律师在简短的寒暄过后说：“从今天的晚报上知道你们回来了，刚好有一份财产分割表需要你们两位都签上名字，然后你们的离婚协议才能生效。”

世和无语，只拿目光去看金娜。金娜朝姜律师摇摇头说：“不用签了。”

“要签的。”律师坚持道，“这是规定的程序之一。”

金娜微微笑了笑：“谢谢你，姜律师，你的负责精神令我感动。不过我们刚刚得到上帝的通知，他不许我们一家三口人分离。”

“哦？”姜律师在短暂的惊愕过后也笑了，“我听到这个消息非常高兴，我祝愿你们幸福！”

姜律师走后小艺扑到了妈妈怀里，红了脸问：“妈，你不再离开爸爸去挣大钱了？”

金娜轻抚着女儿的头顶，双眼望着窗外淡淡的月光缓了声说：“你爸爸用 2000 万美元换回了我这条性命，他让我懂得了，这世界上最重要的不是金钱。”

“妈，你知道我此刻心里多么高兴吗？你知道当初你要和爸爸离婚时我心里是多么难受吗？”

“孩子，妈妈是一个普通人，每个普通人都难免犯错误，原谅妈妈吧。”

“妈，你知道我们班50个同学中有多少人的父母已经离婚了？”

“多少？”

“41个，包括我。不过现在可以减少一个了，40个。”

“哦？”

“社会上已经有人说：21世纪是一个离婚的世纪，是家庭变得更加脆弱的世纪。”

“别信这些，孩子。”

“你知道那些父母离婚的孩子的节日吗？”

“节日？”

“对，每月的最后一天，每人带一份自己做的午饭，大家集中在一间教室里，互相品尝对方做的饭菜，以重温过去的家庭生活，不过吃着吃着，大伙总是抱头痛哭……”

“噢，我的孩子。”金娜紧紧地把小艺搂在怀里，“妈妈没有想到，大人们对生活的选择，竟会是对孩子们的一种剥夺……”

“妈，你今后准备干什么？”

“重回地震局，仍搞我的防震研究。妈妈是亲身经历过地震的人，真切地体验到了那种对地震的恐惧和仇恨。妈妈现在理解了你爸爸为什么坚持要我从事防震研究，他也是地震灾难的幸存者……”

“妈，什么时候人类才能够完全制服地震？”

“说不清楚，但只要人们共同努力，也许要不了多长时间……”

也许是家庭的和睦给世和的脑子注入了新的活力，没过多久，原来一直徘徊不前的“高能食品粒与视力异变”的课题研究获得了突破性进展。当然，这进展也像大多数科学发现一样，带有很大的偶然性。

那是一个阴云蔽天的正午，实验室的助手们都已下楼去吃午饭，只有世和还在那里摆弄雷电模拟仿真装置，那是刚刚从外地买来的一套设备。他打开开关之后，原来只是想看看由这个装置发出的雷电效果如何，没想到这个装置的镜头正对着一盒用于一项试验的 G14 粉，当几乎可以乱真的电闪雷鸣发出之后，那盒 G14 粉突然出现一种奇妙的闪光，而且因为震动，有一些 G14 粉溅落到放在一旁的世和的饭盒里，饭盒里有饭。由于 G14 粉是可食的，世和没有在意，就在吃饭时连溅落上的粉一块儿吃了。不料饭后不久他就感觉到自己的视力增强，向地底看时感到格外清晰。他在惊怔的同时突然忆起，当初研究大楼遭雷击那天，实验台上也放着这种 G14 粉。他在从实验台下捡那两粒高能食品吃时，发现上边沾有 G14 粉，他当时没有在意。莫不是这种经过雷电照射的 G14 粉有什么魔力？

他立刻进行实验并用仪器鉴定分析，发现经过雷电轰击照射的 G14 粉内部分子结构发生了很大变化，尤其是当这些经过雷电轰击照射的 G14 粉黏附在高能食品粒上之后，又使高能食品粒的内部结构发生奇怪的变异，而且每粒食品都有一种特别的电磁贮存，食品粒在暗处可发出一种微弱的肉眼不可见的光。

这会不会就是当初使我的双眼视力畸变的缘由？世和心里感到了一丝惊喜，但他不敢让自己轻信。他忙对一个助手交代：迅速通知两名自愿受试的人，让他们来做进食试验，此事暂时保密！

这已经是第二天的深夜时分了。正沉浸在梦中的两名自愿受试者被匆匆叫醒来到了实验大楼。世和亲自看着，让他们各吞下两粒浸湿后黏附有经过雷电轰击照射的G14粉的高能食品粒。而后又亲自把他们送到招待所里，安排好观察、记录人员之后，世和才松了一口气，拖着愈觉疲惫的双腿坐进汽车向家里驶去。

他对身上那种沉重的疲累感仍然没有在意，他估计这是繁忙所致，待研究结束好好休息一阵就会好的！

他现在唯一关心的是两名受试者的身体感觉。

一听说两名受试者出现了头疼症状，世和高兴得几乎跳起来。当初自己在视力变异前不也感受过剧烈的头疼吗？很可能这是脑内掌管视力的那个部分发生神秘变化的必然反应。他特意交代名叫龚达和施肖的那两名受试者，一定不要吃治疗头疼的药，以免干扰身体内部的神秘变化进程。忍一下，我当初就是忍过来的！他再三对他们两人叮嘱。

世和盼望已久的结果是在四天后的凌晨出现的。当时他正在一个怪异的梦中挣扎：一只全身乌黑的怪兽死命地在身后追他，那样子分明是要把他踩到蹄下。是持续而响亮的电话铃声把浑身大汗的他从怪兽的蹄下救了出来。电话是他的一个助手打来的，助手告诉他："那两名受试者都说自己看到了地下的东西。"世和摇了摇脑袋把怪兽的影子赶走，这才叫了一声："太好了！"他放下电话就下床，匆匆穿好衣服便和室外站岗的内卫部队的哨兵一起向受试者的住处奔去。

——告诉我，龚达、施肖，你们向下都看到了什么？世和在曙色里紧盯住两名受试者问。

——看到了厚厚的土层。

——土层下边是什么？

——是岩层，岩层很厚，岩层中间有水在流动。

——岩层下边是什么？

——是岩浆。

——好啊，成功了！

世和高兴得紧紧抓住龚达和施肖的手摇着。这么说，是雷电赋予了G14粉从而也赋予了高能食品粒以神秘的能量，使得每个食用它的人的视力都能发生奇异的变化。这就好办了，眼下虽然还不知道雷电的能量与G14粉和高能食品粒内部的哪一部分哪一成分相结合并产生新能量，但是我们却已经可以复制出无数的能使人视力发生变异的新型高能食品粒了。随着这种新型高能食品粒源源不断地被复制出来，世界上具有看透地底视力的人也就越来越多。这样，地下岩层的任何变化都会被人们看清，地震不就再也不能对人类的生命造成威胁了？

“立即向研究所宋所长汇报这一结果！”世和向一个助手交代后便向制造高能食品粒的实验工厂走去。进了厂门他就高兴地大喊：“按新的设计，立刻开工生产，2 万粒！我要 2 万粒新型高能食品！”

这 2 万粒高能食品就可以使 1 万个人获得视力变异看透地下。让这 1 万个人分别住在全国的各个县、市里，随时在工作之余负责观察监视地下岩层的变化，一旦那里的地下岩层发生变化要造成地震，便可立刻预报给当地政府和人民。地震，你这个给人类造成无数痛苦的魔鬼，今后再也不能残害中国人了！像 1976 年唐山大地震造成 20 多万人死亡的惨剧再也不可能发生，我们终于可以摆脱你的魔掌了！

“世和，刚接到总部首长电话，后天晚上，总理和总部首长要接见你们小组全体成员！”宋所长这时匆匆走过来交代。

“谢谢领导的关心。”

“告诉大家，到时候穿上礼服，把皮鞋擦亮，再刮刮胡子剪剪头发。那天晚上，全中国和全世界的人都会在电视上看到你们！”

“好的！”

扬眉吐气的日子终于到了。掌管成功的神祇，谢谢你的关照……

第八章

《国际文传电讯》2 月 11 日消息：中国今天宣布，已研制成功可使人视力畸变看穿地下的食品粒。据称，人只要吃了这种食品粒，在一阵头疼过去之后，双眼就可以看穿地下的一切。这是迄今为止人类在改造人体上的最大一次成功。这项成功意味着人类可以永久地摆脱地震和火山爆发等灾难对自己生命的祸害。此事已引起世界各国政界和科学界的普遍重视。眼下还不知道中国是否向世界公开这一科学研究的细节并向他国转让有关技术……

埃菲社 2 月 13 日消息：中国视力奇人张世和与他的研究小组，已成功地研制出可使人双眼看穿地下的高能食品。最先食用这种食品的中国人龚达和施肖已应哈萨克斯坦和俄罗斯两国政府的邀请，分赴这两个国家对地下岩层的变化进行观察，以期对可能发生的地震进行预报……

德新社柏林2月14日电：总统特兰诺在得知中国研制成功可使人看穿地下的食品之后兴奋地说，这是一个振奋人心的消息，这表明人体器官的功能是可以经过人类的努力而加以改进的。早在许多年前，就有人预言将来的人体要发生巨大变化，中国的这一研究成果或许就是迈向这种巨大变化的一个步骤……

美联社罗马2月15日消息：意大利经济部长哈维里尼认为，中国研制成功可使人看穿地下的食品,表明地下隐藏的一切东西都将不是秘密，寻找矿藏会变得十分容易。这对人类的经济生活和整个生活方式可能产生极大的影响……

共同社北京 2 月 16 日消息：中国总理昨晚接见以张世和为首的科研小组成员时可能出了点什么问题,实况电视转播突然中断了大约三秒钟。坐在电视机前的观众都有些疑惑。目前还不清楚出的是什么性质的问题。北京的电视观众对此有各种猜测……

共同社的消息并非杜撰，总理在接见张世和和他的小组成员时的确出了点意外：张世和在从沙发上站起向总理身边走去时，突然双眼一黑向地上倒去。幸亏电视台的摄像记者反应敏捷，在张世和身子一歪的瞬间关了机，三秒钟后就又开机对向了别人，待张世和被人扶起从短暂的晕眩中清醒过来后方又把镜头对向了他。

这些日子一直缠着世和的疲累感近几天日见严重，使得他有时走路都要喘息，双腿软得迈步都没有力气。他一直以为这是自己日程排得太满休息不好所致，便也没有在意。总理接见那天，他和他的助手们先进接见大厅坐下等待。等待时他就觉得头有些发晕，总理来到大厅他站起刚想迎过去，突然感到有一块黑布遮住了眼睛。所幸那天的眩晕持续时间不长，还能勉强再次面对摄像机。

接见一结束，世和便被送进了解放军总后勤部医院。总理亲自给院长打电话，要他集中全院乃至全国的优秀医生给世和诊治，保证让世和尽快恢复健康。

但医院给世和做了全面检查后并未发现什么

问题。全院的专家经过会诊也没弄清造成这种无名疲累和晕眩的原因。医院决定先让世和住院休息，在此期间抓紧对他进行食补，而后再看症状有无变化。

金娜那些天一直陪在世和身边。除了医院给世和规定的食谱之外，金娜又变着法子给世和做好吃的东西：肉糜羹汤、九宝米粥、五味芙蓉包等，逼着他一天多吃一顿。

可休息和食补并未使世和的疲累感有所减轻，随着时间的推移，他反倒愈觉四肢无力，有时下床去厕所，竟也需金娜或小艺搀扶了。

医院意识到不能再这样拖下去，可出于弄不明白这种持续疲累感产生的缘由，医生们又无法采取有效的医疗措施。医院院长只得把情况向总部首长报告。总部首长的指示是：迅速与世界各大医院、医科院和医学研究机构取得联系，一旦了解到有可治疗这种无名疲累的医院和医生，立即出国治疗，要不惜一切代价使张世和恢复健康！

医院很快了解到，英国的朴次茅斯市有一家专治无名疲累的医学研究所。该研究所的哈德博士早从英国的报纸上知道了世和的事迹，听说他愿来就诊，马上表示欢迎。

金娜便立刻做随丈夫出国就医的准备。

世和夫妇是在一个朝霞满天的清晨，和韩流等几个保卫人员一起乘机离京的。因上学而不能随父母同去的小艺坚持要把爸爸送到机场。在飞机的舷梯旁，小艺紧紧抓住爸爸的手说："我记得你过去对我说过，不论做成一件什么事都要付出代价，你的病也许就是成功向你索要的回报。

爸爸，你要相信这一切都会过去，安心配合医生治疗，争取早日平安归来！”

“好的，孩子，你要照顾好自己……”世和的叮嘱声被飞机的轰鸣压了下去。他扭身让金娜搀扶他向机舱走去。在舱门口，他最后一次回头向女儿挥手，他瞥见小艺的泪珠正像花瓣一样纷然落地。傻闺女，哭什么，我会很快回来的！我回来时会浑身充满力量，我要把你拦腰抱起向天上抛去，我要让你的笑声翩然飞进云端里……

那时候世和根本不知道，在前方等待他的是一个令人绝望的宣判……

给世和治病的是哈德博士。哈德博士是朴次茅斯市这所专攻无名疲累症的医学研究所的创始人，在治疗无名疲累症方面极有经验。他在世和到达的当天曾满怀信心地说道："放心吧，我的中国朋友，我会让你精神抖擞健健康康地回国的！"

从第二天起，哈德博士就用自己的方法开始对世和进行全面检查，用排除法耐心寻找可能给世和造成身体疲累的缘由。半个月之后的一个黄昏，哈德博士缓步走到世和的床前说："我得坦率地承认,我没能一下子找到造成你疲累的原因。你是一个极罕见的例外，我30多年来积累的经验在你身上没有派上用场。我恐怕还需要一段时间对你身体的各个部分进行更细致的分析。"世和听罢笑笑说："那你就慢慢分析吧，我不会着急的。"

其实世和心里哪能不急？他分明地觉出身上的疲累感在一天一天加重，每次上厕所没有金娜搀扶已经不行。一定是身体内部钻进了什么可怕的东西，但愿哈德博士能早日找出这个捣蛋的家伙……

金娜当然看出了丈夫的心情不好，为了宽慰他，她想了不少办法，比如陪他看电影、看歌剧、看球赛等。那天，她见报纸上登载消息说，英吉利海峡上三天前出现一样奇观：在长约300米、宽约700米的一片海面上，不断有海鱼跃出水面，极像在跳舞；而且那片水域不断有鱼像喝醉了酒似的漂浮在水面上，但当人伸手去捞时，它们又翻身潜入海里。消息还说从昨天开始，有大批游人乘游艇前往观看这一奇观。金娜就问世和愿不愿坐游艇去英吉利海峡上看看这个奇观。心情抑郁的世和兴致不大地点点头说：“好吧。”

那是一个连一片云絮也不见的天空湛蓝的上

午，英吉利海峡上风平浪静，碧绿的海水毯子一样地直铺向对面的法国海岸。游艇在海面上平稳地行驶，间或有几只海鸥在艇尾追逐着浪花，矫捷的翅膀扇出美妙的图案。游艇驶近那片奇特的海域时,果然可见有不少海鱼跳舞样地跃出水面。世和坐在游艇一侧的一个沙发上，望着蓝天、碧波、鸥群和飞舞的海鱼，听着艇上游人们的欢声笑语，也暂时忘却了压在身上的疲惫，在眉梢间浮出了一个舒心的笑纹。

游艇又继续前行不久，艇上传出了导游的声音：诸位游客请注意，现在游艇已抵达连接英法两国的海底隧道的上部。在这澄碧的海水下边，隧道列车正隆隆驶过，在英法之间来回运载着无数的车辆和行人。这条隧道是 20 世纪人类所建设的最伟大的工程之一，希望你们有时间去坐一坐隧道列车……

游人们在导游的介绍中纷纷围向栏杆边向水面望去，世和也从飞翔的鸥群那儿收回目光去看艇下的海水。和别人不同的是，别人看到的仍然是水，而他却透过海水一下子看见了正在海底隧道运行的列车，看到了列车上装载的汽车和坐着的行人。多么杰出的设计，多么宏伟的工程！他一边望着海底一边在心里惊叹。游艇越过隧道上部的海面继续前行，世和的双眼也离开隧道在海底移动。突然，他的双眸一下子凝住，双唇吃惊地张开：裂缝！海底岩层出现了裂缝！这么说海面出现飞舞的鱼不是没有原因，那些鱼一定是受不了海底岩层裂缝涌出的气味刺激，才想跃出水面呼吸。糟糕！海底要发生地震！世和猛地抓住艇边的栏杆站起身子高喊："艇长，请立刻返航靠岸！"

——靠岸？年轻的艇长不解地瞪大双眼，我们的游览安排是在海上吃午饭，午后三点靠岸。

——立刻返航，有危险！世和仍然高声喊。

——危险？什么危险？游客们闻言纷纷围了过来。

——这里的海底很快就可能发生地震！世和指着艇外的海面说道。

——地震？年轻的艇长笑了，你怎么知道要发生地震？他转向站在世和身边的金娜和韩流，他的神经是不是有点——

——他的话你们应该相信！金娜急切地对艇长说，他的双眼可以看透地下的一切，他说的话不会有错！

——怎么可能？艇长越发不信了，年轻光润的脸上浮出了讥讽的笑容，谁的眼睛能看透这些海水？你是在讲神话？

——哈哈哈。艇上的游人都笑了。

一直默站在一旁的韩流，这时不动声色地打开了手上的移动电话，对着话筒说：请接中国驻英国大使馆。大使先生，张世和先生要和你讲话。

——是身体不舒服吗？电话里传出大使关切的询问。

——不是，大使先生。世和对着话筒急急地摇头，我现在在英吉利海峡上的一个游艇里，我刚刚发现海峡的水底岩层出现了巨大的错裂缝隙，预计在未来的几个小时之内，这里的海底会发生一次强震。届时，英、法两国的海岸上都将出现海啸，海面上将出现巨大的波浪和漩涡，海

底形貌将发生很大的改变。因此，我希望英、法两国政府迅速做到以下三点：一、立刻通知海底隧道的管理部门，请他们马上封闭隧道，停止营运，并采取一切可能采取的抗震措施保护隧道；二、立刻通知在海峡里航行的所有船只尽快靠岸，船上的人尽早离船上岸；三、立刻通知海峡两岸靠海居住的居民向远处撤离以防海啸袭击。如果他们做不到这三点，就会有惨剧发生！你理解我的话吗，大使先生？

——我理解。请放心，我会马上同英、法两国政府联系……

艇上的游人们都惊异地看着世和。

大约半个小时之后，竖立在朴次茅斯港的信号塔上就挂起了危险预报信号旗；无线电广播里传出了播音员焦急的呼喊：所有在英吉利海峡航行的各国船只，请即刻驶靠离你最近的港口，继续留在海上将有巨大危险！

那位年轻的游艇艇长这时才明白世和不是在瞎说，才意识到这位面露疲惫之色的中国人不是一个普通游客。他一边惊异地看着伏舷而望海水的世和，一边对操舵的艇员下令：

立刻返航！

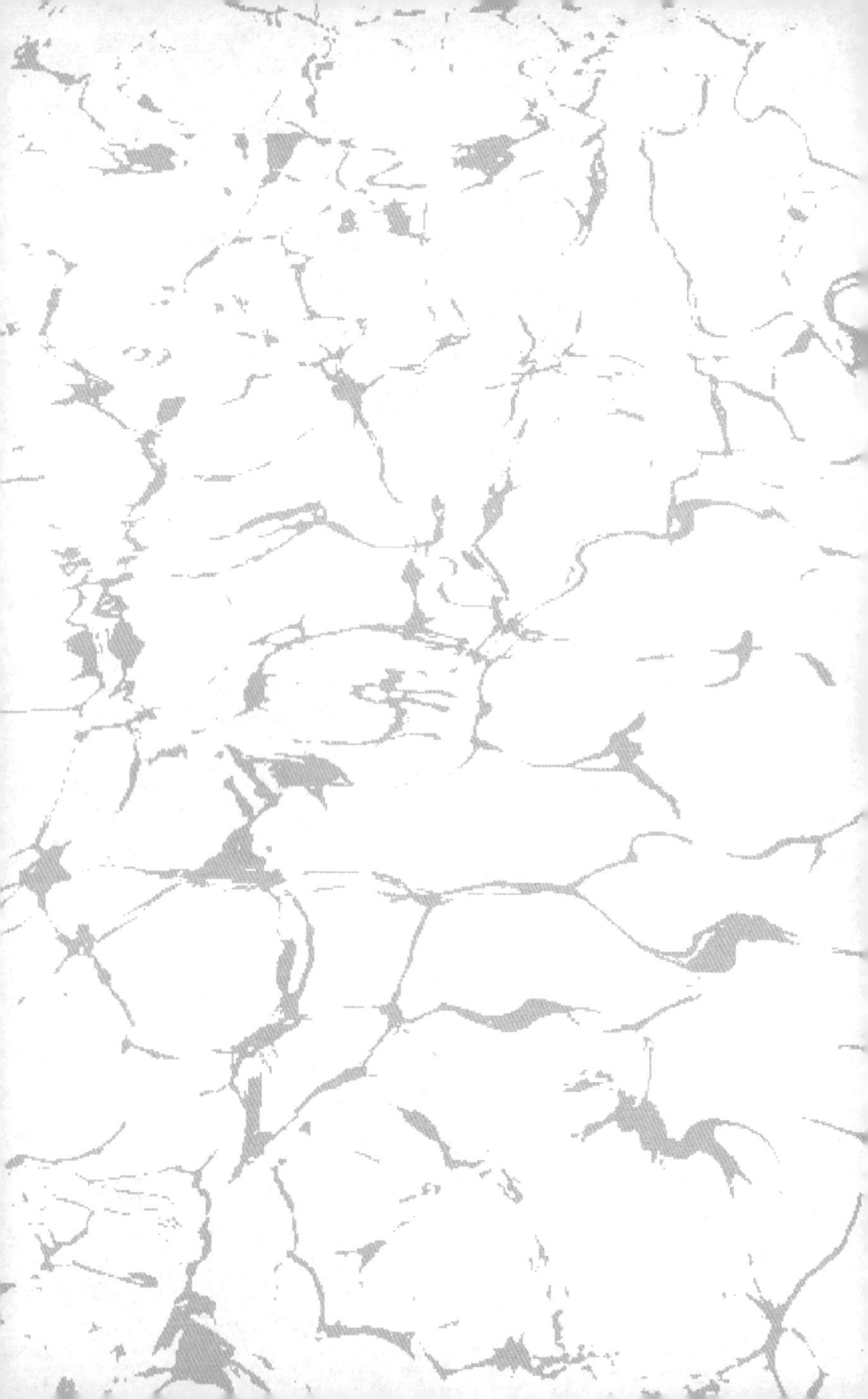

第九章

《伦敦快讯》3 月 13 日消息：英吉利海峡海底今日午后 1 时 17 分发生强烈地震。地震在海面造成 5 米高的骇人巨浪。我国的朴次茅斯、普尔、韦茅斯和法国海岸的卡朗唐、瑟堡等处都发生了海啸。所幸的是，由于在朴次茅斯哈德诊所就医的中国视力奇人张世和对这次地震进行了预先通报，在海峡海面上航行的绝大多数船只都已避开了灾难，只有 11 艘未来得及进港的船只被巨浪击沉。海峡两岸的沿海城镇，由于得到预报事先有了准备，在海啸发生时未造成大的人员和财产损失。今天傍晚时分，英、法两国政府均已派人前往朴次茅斯哈德诊所，当面向中国军人张世和表示了诚挚的谢意，并祝愿他早日康复。英国政府代表还当即给哈德诊所拨了一笔经费，嘱咐哈德博士尽一切力量为张世和先生治疗……

法新社 3 月 13 日消息：英法间的海底隧道多处被地震毁坏，数千人在隧道口侥幸获生。今日正午，在英吉利海峡海底隧道的英方和法方进口处，均有大批车辆和行人等待进入隧道列车通过海峡。就在这时，由中国视力奇人张世和发出的海底地震预报抵达隧道管理部门，管理部门当即决定关闭隧道。当时，在两个隧道口等待通过海峡的人们均对这一预报持怀疑态度，一时抱怨声四起。但没过多久，地震果然发生，隧道随即遭到严重破坏，人们亲眼看到从隧道里奔涌而出的海水。所有在场的人都被吓得脸孔发白，倘没有张世和的预报，这数千人都将葬身海底……据有关人士估计，隧道将需要经过很长时间的修复，然后才能恢复运行……

世和有气无力地坐在沙发里，一边喘息着一边缓缓抬手把挂在胸前的两枚金质勋章取下来放到了旁边的茶几上。这两枚勋章是英国皇室的代表和法国总统的代表在刚才的授勋仪式上替他佩戴上的。刚才的授勋仪式耗尽了世和身上的最后一点力气，以致让他觉得佩戴那两枚勋章都是一个负担。

——要不，你先去休息？金娜忧虑地望着丈夫问，声音中浸满着心疼。

——不，就坐这儿歇歇。哈德博士不是说他待会儿还要再取我的一点血来分析？

金娜点点头，轻轻地叹口气。她清楚地知道丈夫的身体已经疲惫、虚弱到了何种程度，可哈德博士依然没能找到原因。老天，这可怎么是好？

“金娜、韩流，我今天对我的病有了新的想

法。”世和声音低低地说，“哲学家告诉我们，世上的什么事都呈平衡状态，这种平衡状态表现在人身上大概就是得失相当，我既然获得了看透地下的视力，那我就必然失去一点东西，这东西就是力气。要不然，别人就会觉得造物主不是太公平，认为把好东西全给我了，就会对造物主生出抱怨……”

“世和，你的电话！你们北京研究所小靳打来的。”韩流把移动电话递到了世和手里。

——小靳——

——老张，你身体好些了吧？吃饭怎么样？可以独自散步了吗？睡眠情况如何？需要什么东西吗？组里的同志们都想你！还有，告诉你一个好消息，我们已经造出了两万粒新型高能食品粒。国家已经向全世界发了消息，并宣布中国这项发明将为世界人民造福，所有可能发生地震的国家和地区，都可以派 3 ~ 5 人来我们国家进食这种食品粒，待视力异变可以看穿地壳后再返回其所在国,负责监视他们那里的地下岩层活动情况，以对可能发生的地震做出准确预报。到今天傍晚，已经有 100 多个国家和地区的近千名代表抵达北京。今晚 8 点半，中央电视台一套节目将播送各国代表抵京的情况。

——好呀！世和激动地抬手捶了一下沙发扶手，不想，这一剧烈动作害得他对着话筒喘息了半天。金娜见状急忙把电话拿了过去。

早已进屋默然站在一旁看着世和听电话的哈德博士，这时轻步走到世和身边，一边用手绢替他擦着额上的虚汗，一边低了声说：张先生，我还需要从你身上取点血——

——取吧。有没有新的发现？

——我想我已经接近找到造成你疲劳虚弱的原因了。

——太好了，可以告诉我是什么吗？

——我还需要再做一次分析。哈德博士指挥着跟在身后的护士从世和身上取血样，一双碧蓝的眸子里浸满了忧虑。

——找到了原因就可以治疗了吧？世和的声音里满是迫切。

——应该是这样的。哈德博士说完就垂下了眼帘，没有让世和看见他眼里的不安和慌乱。

——我很快就可以恢复健康了！当哈德博士的身影在门外消失之后，世和快活地说。金娜，请把电视打开，我要看看中央电视台的一套节目，看看那些就要进食新型高能食品粒的外国代表。

电视打开了，但一股难以言说的疲劳却极力地想要合上世和的眼皮。他拼力与这股疲劳和紧随疲劳而来的虚弱搏斗，睁大了双眼去看屏幕：

——这是来自智利的四名代表。智利也是一个多震的国家，1960 年 5 月 21 日至 25 日发生的智利大地震，使智利的地形完全改观，一些火山出现了，一些岛屿沉没了；25 日地震时，海洋上掀起 4.5 米高的巨浪，冲击着智利沿岸的岛屿；新西兰、日本、菲律宾、美国等海岸也遭到巨浪的破坏；距智利地震中心 16800 千米的堪察加海面也受到了影响。这四名代表都表示，这次来中国进食新型高能食品粒，在获得看透地壳的异常视力后，将回国做智利国民的平安卫士，以全部精力监视智利国土下的岩层变化，及早而准确地预报可能发生的地震。

——这是来自希腊的三名代表。希腊历史上也曾发生过强烈地震，1878 年和 1885 年的两次地震，使克里特—赞蒂海底电缆有两处断开，在断开的地方，海底从水下 240 米下沉到 3000 米深。这种变化在海面上造成的漩涡，使得不少在这一海面航行的船只沉入海底。这三名代表中的凯特先生表示，这次在中国获得可看透地壳的异常视力后,他将保证使希腊人不再受地震的惊吓。

——这是来自葡萄牙的两名代表。葡萄牙的里斯本在 1755 年 11 月 1 日曾发生过一次强烈地震，里斯本全城在 6 分钟内被摧毁，同时引起大火和高达 6 米的海浪——海啸，死亡人数达 6 万多！这两名代表非常感谢中国朋友发明了可使人看透地壳的新型高能食品粒，他们表示在获得异常视力之后，将保证葡萄牙今后不再发生因地震而死人的惨剧……

在电视台播音员的欣喜声音里，世和终于没能抵抗住疲累和虚弱的作用，合上眼睛睡熟过去……

当晨风走过多佛尔海峡和英吉利海峡的水面，轻轻撩开世和和金娜病室兼卧室的窗帘时，刚刚起床的金娜吃惊地发现：显然一夜没睡双眼红肿的哈德博士正定定地站在窗外望着她和丈夫住的房间。一定是有什么事情！金娜匆匆穿上外衣轻步来到了室外。哈德博士见她出来，迟疑了一下走过来说："夫人，非常抱歉，在这样美好的早晨，我却有一个不好的消息要告诉你。"

"什么消息？"金娜心里不由得一紧。

"我发现了造成张先生极度疲劳和虚弱的

原因。”

“那不是一件好事吗？这样不就可以开始治疗了？”

哈德博士缓慢而伤感地摇了摇头：“张先生的血液里有一种奇怪的东西——这种东西我在其他人的血液里从未发现过，迄今为止的医学文献里也从无记载。这种东西的形态极其特殊，它多次逃过我的眼睛，在我终于捕捉住它之后，发现它的破坏力极大，它能很快使人身上的血变得像水一样——这不是科学术语，这只是为了让你听懂而做的比喻。目前，我们人类发明的药物和达到的手术水平，对它均不能造成任何威胁。”

“哦？”金娜骇然地后退了一步。

“我很愧疚，张先生为英国人的安全做出了那么大的贡献，而我竟不能保证他的生命平安。”

“救救他！哈德博士，求你救救他！”金娜急切地抓住哈德博士的手摇晃着，眼角涌出了泪水。

“你知道，我非常想为张先生做点什么，让他活下去不仅仅是你和中国人的希望，也是我和世界上许多人的愿望。但我们不能和上帝的旨意抗衡，上帝还没有赐予我这样的本领。夫人，请你原谅！”

——我想知道我大约还能活多长时间！门口突然传来了世和的声音。哈德博士和金娜闻声扭头，原来世和穿着睡衣扶了门框正站在病房门内。

——世和！金娜急忙跑过去扶住了丈夫。

——对不起，张先生，打搅了你的睡眠。

——你们的话我都听到了，我想知道我还能活多长时间。

——张先生，我想告诉你的是，造成你血液出问题的原因，是你当初服用的那种高能食品粒。我已经通过贵国的外交部门拿到了两粒高能食品，并在动物身上做了试验。

——是吗？世和、金娜和一直站在门旁的韩流一齐惊问。

——这也是没有办法的事，人类在科学上的每一次进步，都可能要带来副作用。用你们东方的哲学来解释，也可解释得通，有和无，正和反，得和失，总是要求一种平衡的局面……一个人在视力上获得了巨大发展，那么在别的方面就可能——

——我懂了。世和点点头，我现在希望知道的，只是我还能活多长时间！

——有些结果我们不知道反而更好些，张先

生，你能明白我的意思吗？

——我还是想弄明白！哈德博士，希望你坦率地告诉我。

——那么好吧，一个月左右。这实在残酷，可我没有——

——谢谢哈德博士，别的请不用说了。我看见你的双眼布满血丝，你为我连续熬夜，现在请去休息吧……

送走哈德博士后，世和又开始大口喘息。“一个月！”在喘息的间隙他自语道。金娜已被这个结果吓蒙了，木然站在一旁。只有韩流还能轻声劝道：“世和，你想开些……”

“想开了，我想我这样已经值了，我用我的眼睛让那么多人避免了死亡，因此而缩短我一个人的寿命这并没有什么大不了的。韩流，请与大使馆联系，就说我想要立刻回国，最好就订明天返国的机票。金娜，不要紧，你不是很坚强吗？人早晚都是要死的，早一天晚一天并没有太大关系。来，把眼泪擦干，别让英国朋友看见了笑话。记住，今天你的任务就是去街上采购，要为小艺多买点礼物，要把她平日想要的东西都买到，这是我最后一次送她礼物了……”

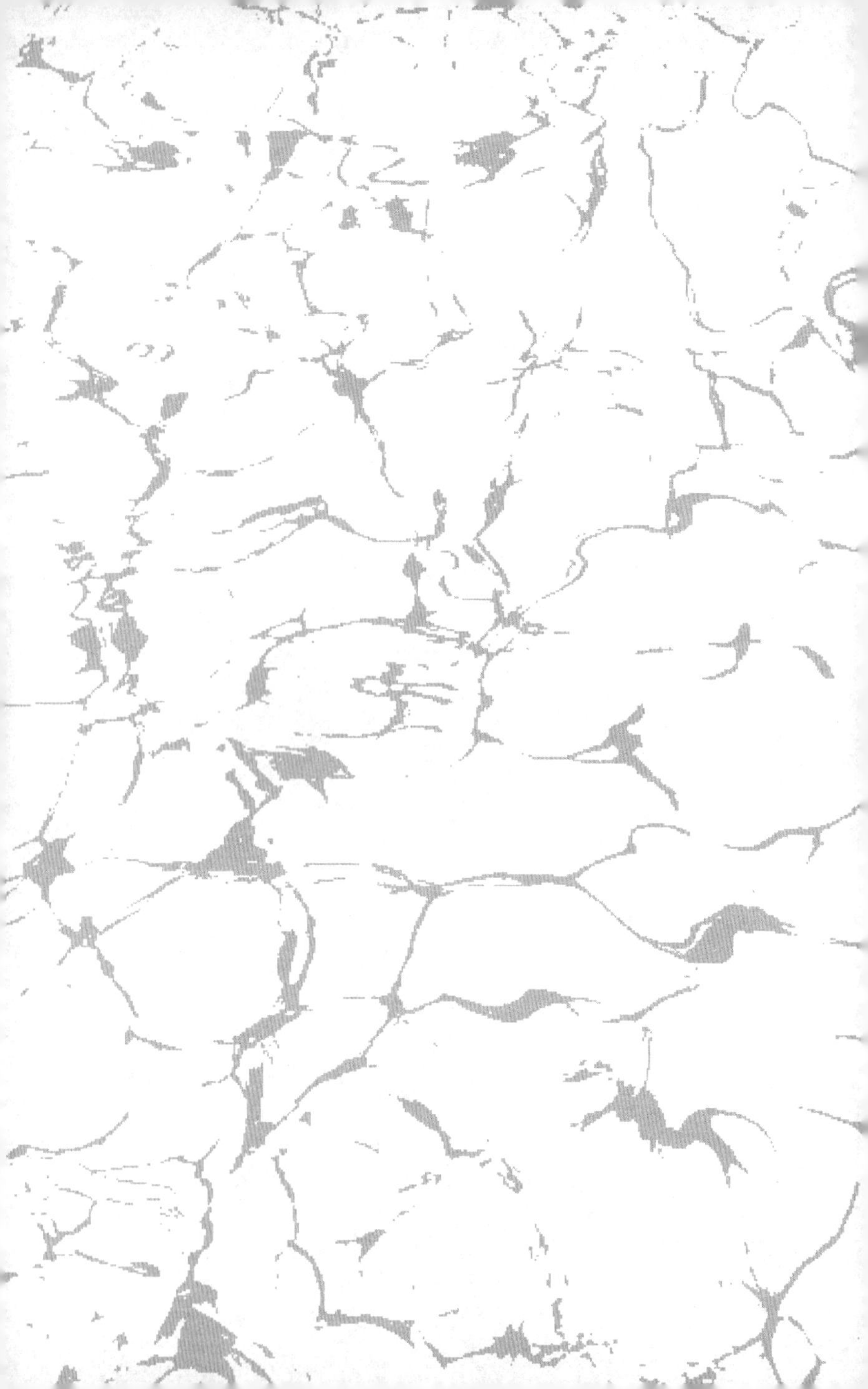

第十章

《新德里时报》3月20日消息：具有奇异视力的中国军人张世和，因准确预报地震而使几个国家的上千万人免于死亡，但他自己却因患了目前医学无能为力的怪病而面临生命危险。昨天，在英国朴次茅斯市就医的他已偕夫人飞返北京。据给他治病的哈德博士透露，张世和患不治之症的消息传出后，已有100多个国家和地区的总统或总理拍来电报慰问，全世界有3万人打来电话询问他的病情，有4000多人要求亲往探视……

共同社3月21日消息：世界各国派往北京预备进食新型高能食品粒的代表，在获知视力奇人张世和患不治之症的原因是服食新型高能食品粒之后，普遍开始惊慌失措。尤其是当英国的哈德博士计算出一个人服食新型高能食品粒视力异变后，至多能活 10 个月时，代表们已相继表示不再服用该食品粒。从昨天开始，已有代表乘飞机回国，预计几天内就可走完。全世界的人们原来怀抱着的“地震从此将会被准确预报”的希望面临落空。看来，虽然有此发明，今后人类却仍将深陷在对地震的恐惧之中……

经过长途飞行的折腾，世和到达北京家中时已经卧床不起了。他脸色蜡黄地仰躺在床上，听任女儿小艺用手绢去揩他额上的汗珠。小艺并不知道爸爸病情的严重，依然眉飞色舞地说：“爸，待你病好再出国察看地下岩层时，我也和你一起出去，让我和外国人直接用英语交谈，顺便也可以提高我的英语会话能力。”

“行。”世和勉强点头。他想抬手去抚摸一下女儿的脸颊,但手刚抬起便又无力地垂了下去。

“爸，我昨晚做了个梦。”

“噢，梦见什么了？”

“我梦见我们班的小朋友的眼睛全像你一样，都能看透地壳，我的眼睛也变了，把地下的岩层看得清清楚楚！”

世和艰难地笑了。会的，这一天会到来的。我已经给我的试验小组全体同志说了，请他们不要被眼下的事情吓住，要继续努力研究、试验，争取早日造出既可使人视力发生巨变又无致人患病副作用的食品。人体器官的潜能应该开发出来，人应该在地球上成为能够防止一切灾难发生的生灵，地球应该变成一个平安的世界。但他没有出声，他只是抓住女儿的手摇了摇：“小艺，有一件事要告诉你，爸爸可能要去很远的地方出一趟差。”

“哦？去哪儿？”

“具体的报到地点还没有通知。”

“时间长吗？”

“长，很长。”

“需要妈妈去陪吗？”

“不用，人家只让一个人去。”

“要我为你做什么准备吗，爸爸？”

世和摇了摇头：“爸爸只需要你记住三件事！”

“哪三件事？”

“第一，学会独立生活。自己会到银行取钱；自己会调整、规定机器人阿茜和阿南的工作程序；自己会操作家里的电脑系统；自己会做富有营养的饭食；自己会洗熨衣服。”

“这我懂。”

“第二，培养自己对地质学的兴趣，争取将来从事地震学的研究。你已经知道，你爷爷死于地震，你妈妈和我从地震中死里逃生，地震是我们家的敌人！你也已经知道，你是张衡的第七十代后裔，你理应继承先辈的遗愿，去制止地震再制造灾难！”

“可我们的学习还没有开始分科哩。”

“我说的是以后。第三，要能够正确对待困难与挫折。由于爸爸外出，不再可能给你提供保护，你生活中遇到的挫折和困难必然会增多，你要有承受这些挫折和困难的心理准备，不要动不动就哭鼻子，甚至对社会和人生产生绝望情绪。不论生活中发生了什么可怕的事情，你都要让自己打起精神去面对！”

“爸爸，你想得未免有点太远了吧？好像你外出就不再回来似的！再说，妈妈不是还在家吗？”

“妈妈也不可能总陪着你，她还有她自己的生活——”

“她还能去哪里？”小艺瞪大了眼睛问。

“妈妈哪里也不去！”门口突然传来金娜的声音，惊得父女俩一齐扭头。

“小艺，出去玩吧，让爸爸歇歇。”

女儿出门之后，金娜才扭头对世和嗔怪道：“你怎么跟孩子说开了？”

“我想让她做好独立生活的思想准备。我走之后，你还年轻，可以再另组家庭生——”

金娜一下子伸手捂住了丈夫的嘴，用目光

要求世和别再说下去。片刻之后，金娜才又看着丈夫说："有一件事我想我应该告诉你，因进食新型高能食品粒而有了看透地壳能力的龚达和施肖，最近在听说只能活 10 个月左右后，精神相继失常了。"

"哦？"

"目前两个人都已住进了精神病医院接受治疗。"

世和长长地叹了口气："我理解他们的精神状态。人知道自己的死期是一桩可怕的事情，很少有人能承受得了死期一天天逼近的现实。只是他俩一躺下，目前世界上就再也没有人能准确观察地下岩层变化从而去预报地震。地震又可以对人们为所欲为了。我昨天听宋所长说，云南那边又在闹地震，许多工矿企业因为担心地震伤人，已经停工多日了。”

“我也听说了。目前云南人心惶惶，那是个多震地区。”

“唉，要是我不成这个样子，要是龚达和施肖不住进精神病院，坐飞机去一看不就解决问题了？”

金娜无声，只把目光望向窗外，窗外是湛蓝得没有一点点杂质的天空……

哈德博士的预言没错，世和回到北京不到一个月，就向那种人类还陌生的血液怪病交出了生命。

那些天，世和躺在床上，平静地用话语指挥着金娜、小艺和阿茜、阿南整理他平日的研究资料，他说他要全部留给小艺，直到那个黎明来临。

那是一个静谧的黎明，一直守护在世和身边的金娜刚进入短暂的睡眠，便被一阵持续的喃喃声惊醒。她抬起头时才发现：原来丈夫一反这几天的昏沉状态,双眼圆睁,口中正喃喃自语:“……我听见了笑声……我听见了笑声……”

“谁的笑声？”金娜有些诧异。

“……地震这个恶魔的笑声……你听……你听……”

“世和，你醒醒！”金娜意识到丈夫进入了谵妄状态，忙去摇他的身子。但是晚了，世和的双眼正在一点一点地合上，目光正在一下一下地缩回，喃喃声也越来越低。尽管闻声跑进来的小艺也上前紧抓住爸爸的右手摇着、喊着，可女儿的呼唤也未能拽住世和走向另一个世界的脚步。小艺摇动的结果是把父亲紧攥五指的手摇开了，一个不大的物件在父亲五指张开的同时落到了她的手里。

她认出这是当初爸爸让她看过的那个微型录音机，里边录着爷爷夹了喘息和呻吟的遗嘱。

“爸爸——”小艺哭喊着扑向了父亲的遗体……

金娜没有哭，她的眼泪早在看护世和的这些天里悄悄流尽了。她只是默默地看着世和，轻轻地为他更换了一身新军衣……

金娜是在第二天乘飞机飞往河南南阳的。——世和生前曾说过，他想把自己的骨灰埋在先祖张衡的墓地附近。他去世后，国家科委也提出把他的骨灰安葬在张衡墓侧，以便后人来纪念这两位对测报地震做出过巨大贡献的学人。金娜想提前去看看以最后确定墓址。

金娜这是第二次来南阳。作为张衡家族的第69代媳妇，她只是在当初和世和结婚时回过一次南阳故里。但那次回归故里因为是在蜜月之中，她关心和思考的多是另外一些事情，因此竟没时间进一趟张衡墓园来祭奠先祖。

天上无云，四周无风，阳光像金子一样铺满静静的张衡墓园。金娜脚步放轻，一步一步地走进墓园大门。看见了，那高耸的墓碑；看见了，那巨大的坟冢；看见了，那按比例放大后复制的、竖在墓地两旁的地动仪和浑天仪。先祖，你的第69代孙媳来看你了。我来得太晚，你不会生气吧？我虽然是你的后人，但却没有你对科学的那份执着精神；我虽然也研究地震，却没有拿出一项像地动仪那样的实实在在的成果来。我面对你的坟墓，心里充满了愧意。但我想告诉你的是，你有一个可以引以为豪的孙子——你的第69代孙子世和继承了你的遗志，在地震预报上做出了举世公认的成绩。我今天来，就是要征求你的同意，把他送回到你的身边，让他日日夜夜陪伴你，好和你继续切磋地震预报的事宜……让他睡到你身子的哪一侧好些？东侧？西侧？或是后边？就在西侧吧，这里树木稀疏，挖墓坑容易；再说，在炎热的夏季，他也能为你遮去些午后滚烫的阳光，你说行吗？……

“就在这里吧！”金娜对随行的南阳市市长和张家族人指了一下墓坑的位置，就缓缓地向地下跪去……

第十一章

新华社4月16日消息：总后勤部视力奇人张世和于今晨在北京家中逝世，从而结束了他短暂而辉煌的一生。张世和患病期间，国务院总理和总后勤部领导及国家科委负责人多次亲往探望、慰问。今晨，最早获知他去世消息的附近街区市民，自发地排成长队前往他家吊唁。

广闻社4月20日消息：曾数次准确预报地震从而拯救了无数人生命的张世和的葬礼，今天在他的故乡河南南阳隆重举行。国务院总理和俄罗斯、日本、美国、英国、法国、德国等97个国家的国家领导人特使参加了张世和的葬礼。1000多名来自世界各国的民众代表在张世和的灵柩前献了鲜花。上午9时整，张世和的灵柩由两名黄种人、两名白种人、两名黑种人和两名棕种人组成的抬灵队缓缓抬起，向墓地走去。他将被埋在汉代科学家张衡陵墓的西侧，与他的先祖永久做伴……

美联社 4 月 27 日消息：为纪念中国已故的视力奇人张世和而镌刻的一座纪念碑今天在圣何塞市中心广场竖起。纪念碑的正面镶嵌着张世和的一帧照片，在他的照片下方镌刻着一句话：人类在向平安世界迈进的长途中将不断忆起你的名字！

法新社 4 月 29 日消息：中国军人张世和的威武铜像，今日在英吉利海峡海底隧道法方一侧的车站广场上立起。铜像的底座上镌刻着一行字：世界不会忘记任何一个为其谋取平安的人！……

共同社 4 月 29 日消息：中国视力奇人张世和去世的消息传到日本福冈市以后，10 万余名市民自动捐款在市中心竖立了一尊张世和的变形雕像，雕像单脚立地，呈飞升姿势，双手向天捧着两个巨大的汉字：平安！雕像的基座上刻着一句诘问：人不是天使，但人为什么不该成为天使?

丧事全部处理完的一天后晌，金娜默然开车向军需研究所驶去，她要把世和留下的一串钥匙还给研究所。她知道那些钥匙是各种保险柜和库房上的，不能丢失。研究所的门卫认得这是世和的车子，没加阻拦便让车驶进了院里。

她走进宋所长的办公室时意外地发现，当初曾与她打过交道的姜一成律师正在和宋所长神色肃穆地说话。她一愣之后问：“你来这儿是？”

——我受宋所长他们委托，为高能食品粒一案辩护。姜一成微笑着回答。

——高能食品粒一案？金娜愈加惊异，高能食品粒怎么还立案啦？

——哦，姜律师！宋所长显然想制止姜一成说下去。

——你还不知道呀？！姜律师并没看明白宋所长的制止意图，仍旧热情地介绍道：当初除了你家张先生之外，不是还有另外两个人也服食了能使人视力发生异变的高能食品粒吗？那两个人如今都已住进了精神病院。现在，这两个人的家属向法院提出了控告，控告军需研究所在没有弄清高能食品粒的副作用之前就决定在人身上试验,是草菅人命的行为,要求研究所做巨额赔偿!

“唷? ”金娜的眼瞪大了。

“金娜，你不要再为这事担心，一切由我们来说明。”宋所长急忙安慰金娜。他知道金娜听到这样的消息心里不会好受。

“不！ ”金娜固执地摇了摇头，“我知道当初让龚达和施肖二人服食高能食品粒是世和的决定，与研究所宋所长他们没有关系。如果说有责任，应该是由世和的家人——我来负。”

“金娜，别瞎说了！怎么能让你负责？你只管照看好小艺的学习和生活……”

金娜没有理会宋所长的话，只是转而问姜一成：“这案子什么时候开庭？”

“后天。”姜律师此时方意识到不该对金娜

说这件事。

“后天我也去法庭，我有义务向法庭说明情况！”金娜断然地说定之后，放下那串钥匙就转身出门向实验大楼走去。

金娜因为过去常来实验大楼，对楼里的一切都熟悉。她去敲高能食品实验室的大门时，多么希望世和仍像过去那样来为她开门，但是不可能了。一种空落感再次挤进金娜的心里。

来开门的是世和过去的助手小靳，小靳看见金娜也有些意外，忙问：“嫂子，你来是——”

“我想看看那些可使人视力发生变化的高能食品粒！”

“哦，看它们干啥？因为它们有使人血液患病的副作用，所以已经全部封存。喏，就在那个玻璃柜里，两万粒，花费了我们多少心血，如今没半点用处！”

“给我拿两粒来！”

“要它干啥？”

“有点用处。”

“是要研究它的副作用吗？好，应该把这个问题弄清。我们研究小组如今也正在这个问题上动脑筋，早晚有一天，我们会攻克这个难关，制造出既可使人视力畸变又无副作用的第三代高能食品粒！”

“拿两粒来！”

“好吧。如今这东西没人稀罕了，给你。嫂子，你可要保管好，别让谁误食到肚里，那样可就麻烦了。”

金娜默默地看着手心里的那两粒微微呈白色的高能食品。是你，让世和获得了看透地壳的能力从而拯救了那么多人的生命；又是你，让他得了怪病提前夺走了他的性命，你为什么要把善和恶混合在一起？你是想用此来警告我们：任何成功都必须付出代价？可你知道不，当你夺走世和的生命之后，地震那个恶魔又要狞笑着去开始行凶了！

法院开庭那天，金娜早早到了法庭。小艺那天见妈妈神色严肃地说要去法院，不知道出了什么事，也担心地悄悄跟在妈妈身后去了法庭。

宋所长和世和当初的助手小靳站在被告席上。

庭审开始，原告方聘请的律师宣读了控告书，控告军需研究所在不明新型食品粒副作用的情况下贸然在龚达、施肖身上试验，致使二人身体严重受损，目前在精神病院接受治疗等。

金娜这时由旁听席上站起，径直走到被告席上站立。她的举动引起满庭人的惊奇，法官只得示意原告方的律师暂停发言，转而询问金娜："请问你这是——"

"我觉得庭审如果继续下去，我应该站在这里！"金娜平静地回答，"我叫金娜，是已故军需研究所研究员张世和的妻子。当初，是张世和决定让龚达和施肖服食高能食品粒的。作为张世和的妻子，我要向龚达和施肖的亲属表示深深的歉意。不过，我认为这是科学实验中的一次失误，不涉及法律，不应该把研究机构和科研人员的宝贵时间浪费在这里，他们需要分秒必争地去研制第三代高能食品粒！"

"你是说这件事仅仅由你道一下歉就行

了？”原告席上飞过来一句冷冷的追问。

“我们当然应该在经济上帮助龚达和施肖的亲属，我在这里想说的是：不能要求科学实验百分之百都能成功。龚达和施肖虽在这次试验中身染重病，但他们是保证世界平安的先驱者，是——”

“说得这么好听，你当初为什么不去进食这种高能食品粒也当先驱？你不还是在地震局工作？”

这句来自原告席的尖刻的反问扎得金娜一下子住了口，血色从她的双颊倏然退走。她一边艰难地咽着唾沫，一边慢慢抬手去衣袋里掏出了一个小小的纸包。

旁听的人们都凝目看着金娜的举动。

金娜缓缓把手中的纸包打开。站在一旁的小

靳认出那纸包里是两粒自己当初交给金娜的第二代高能食品，不禁一愣，低了声问：“嫂子，你这是要干啥？”

“这是两粒龚达、施肖他们当初服用的那种高能食品。”金娜平静地看着那两粒高能食品说，“我现在就把它们吃下去！”说罢，手一扬，猛地把高能食品粒扔进了口中，而后抓过旁听席上一个人的水杯，喝口水咽了下去。

满庭的人一齐惊住。

“妈妈——”小艺哭喊着从法庭一角向妈妈扑了过来。

“别怕，孩子，妈妈之所以吃下这两粒高能食品，是为了告诉人们，我们在认识未知世界时，应该有你爸爸那样的一种拼命精神。还有一个原因，就是如今云南的百姓们正为大地震会不

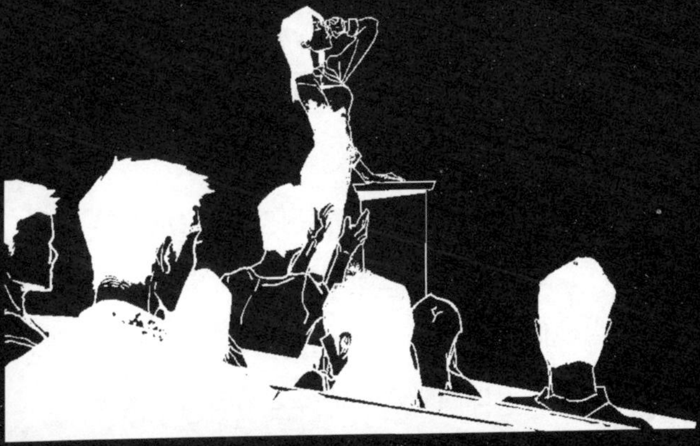

会爆发而惶恐不已。妈妈吃下这两粒高能食品，就会获得看透地底的视力，从而给他们一个切实的帮助。”

“可是，妈妈，你知道爸爸就是因为——”

“我当然知道，孩子。”金娜轻拍着女儿的后背，“用一个人的死，换来许多人的生命，这是一笔划算的生意，妈妈经过商，妈妈知道应该把这笔生意做下去！再说，妈妈还有十个月的时间，妈妈在这段时间里会培养起你独立生活的能力……人类在自己的前进途中，总是需要一些人在前边为他们开辟路径。别哭，孩子，流眼泪只会让地震那个魔鬼高兴，我们要让它看看，人类从来都没有在威胁面前后退过。我们也让它看清，人类在同它搏斗时即使遇到失败，也绝不会发生内讧……”

法庭里一片静寂。

世和，你现在可以放心了，你不会听到地震那个魔鬼行凶后发出的快意笑声了……我将像你一样，在十个月的时间里监视它的破坏行为，我将随时向人们发出准确的地震灾情预报……世和，十个月，十个月之后我们就可以相会了……你也不用担心小艺，她会理解我们的行为，会坚强地生活下去的……

第十二章

《北京时报》5 月 7 日消息：国家地震局地震测报部门的研究人员、已故军人张世和先生的夫人金娜女士，在明知第二代高能食品粒具有致病并可引发死亡副作用的情况下，为清楚观察地下岩层变化以准确预报地震灾情，于三天前在西城法院法庭当众服下了两粒高能食品。今天，已获得看透地壳视力的金娜女士，已乘机飞往云南观察地下岩层变化……

香港东亚电台 5 月 12 日消息：具有看透地壳视力的中国军人张世和的遗孀金娜女士，今天在仔细观察了云南地区的地下岩层之后断言，云南在今后的半年之内不会发生地震，从而消除了这个省份人们普遍存在的恐慌情绪。今天下午，停工多日的各家工厂已相继恢复生产，避免了经济生产和日常生活继续陷于停顿和混乱的局面。另有消息说，秘鲁政府已向金娜女士发出正式邀请，希望她能访问秘鲁并对该国的地下岩层变化情况进行观察……

路透社5月20日利马消息：中国已故军人张世和的夫人金娜女士今天在利马机场走下飞机时对记者说：她将在她仅剩九个月零几天的生命里尽最大努力去避免地震对人类的祸害。她的发言令现场的许多人流下了感动的泪水……

尊敬的金娜女士：

在获悉你为避免地震对人类的祸害而毅然吃下了具有致病副作用的高能食品粒之后，我和所有在联合国机构工作的人员都深为感动。谨请你接受我最真诚的敬意。世界正在变成一个鸡犬之声相闻的村庄，人类正在变成这个村庄里生死与共的居民，你用你的行动告诉我们，每个人都应该为全体村民的平安操心。我在此还要特别告诉你，我已下令联合国所属的教科文组织，在最短的时间内集中世界上最优秀的病理学家和医生，来研究延长你的生命和解除高能食品粒副作用的办法。我希望他们能够成功。

请接受我最美好的祝愿。

请转达我对你女儿的问候，并请告诉她：她在这个世界上永远都不会感到孤单！

联合国秘书长吉特

2046 年 6 月 1 日于纽约